王旭明抒情诗选

2017—2018

王旭明 著

李桂杰 评点

人民日报出版社

悄悄地
夜又来到我们身边
与她度过吧
极美
……

目录

葬夜　　　　　　　　001
寒夜　　　　　　　　005
独　　　　　　　　　008
呼吸　　　　　　　　012
亲爱的　　　　　　　015
暖　　　　　　　　　018
夜之苦　　　　　　　021
楼　　　　　　　　　024
胡思乱想　　　　　　027
阿布扎比之夜　　　　031
苦夜　　　　　　　　035
清华之夜　　　　　　038
怪异　　　　　　　　042
想　　　　　　　　　045
端午之夜　　　　　　049
原来　　　　　　　　052

愿意	055
静姑娘	058
心愿	061
乞求	064
调戏	067
无主题	069
咖啡馆	072
儿女	075
懂	078
不懂	081
夜雨	084
夜雨（之二）	087
坚持	090
黑人	093
夜之热	096
夜之热（之二）	099
花甲之夜	102
花甲之夜（之二）	105
花甲之夜（之三）	108
生日	111
雨	115

柔软的坚硬	118
如果天上没了雨	121
雷阵雨	124
轻轻	127
追溯	130
吻	134
飞	137
最美的衣	140
醉夜	143
礼物	146
夜路	149
中秋月	153
影响	157
撒娇	160
示爱	164
吃夜	167
怨	170
忘记	173
寒之夜	176
妻	179
问候	182

两棵树	185
迎 2018 新年	188
月全食	190
恍惚	193
夜·人	196
忠义	199
春天下雪	202
春雪之夜	205
思夜	208
祝福	212
说春	215
独守	218
遥寄春雪	221
祭夜	224
童心	227
苹果	230
夜之天堂	233
今晚	236
迷茫	239
回忆	242
感恩	245

据说,夜在天堂	248
热夜	252
恋爱	255
寡妇与鳏夫	258
搭积木	261
短章	264

葬夜

今晚决定
葬夜
将她的双眼合上
发现泪珠
从眼角渗出
排成一列
将她的寿衣穿好
发现纽扣
没有一个能扣上
七扭八斜
夜在棺椁中
灵车上了街
月亮在前方开道
星星簇拥在周围
穿过田野
推进灵堂

扫码听诗
詹泽

咦，竟无一人
无一点音响
一级一级台阶
一步一步告别
把夜推进了火炉
瞬间成炭
成灰
灰飞烟灭

今晚送夜
别夜
葬夜
以及那
最后的一瞥

评点

《葬夜》一诗敏感而尖锐,以平静的方式刺痛你,让人痛到无法呼吸。

一首好的诗歌需要什么?诗歌写作最可贵的是挖掘什么?无他,细节——将她的双眼合上,发现泪珠,从眼角渗出,排成一列。又写寿衣的纽扣,扣不上,七扭八斜。最后诗人"把夜推进了火炉",一连串的细节,诗人以不痛写痛,以平静写不平静,以不哭写哭,假作平静,痛彻心扉。

《葬夜》细品触目惊心,又回味无穷。美国已故哲学家阿伦·瓦兹说过,不对痛苦更敏感,我们就无法对快乐变得更敏感,诗歌中把诗人的敏锐和痛苦通通暴露无遗。

一般说,我们越是爱,越是享受一种陪伴,当他或它死去或与他分离时,我们的悲伤就越深。《葬夜》是生离死别,作者该泣不成声,该哭,该喊,当声嘶力竭。不,作者在诗歌中成功地掩饰了自己。

诗人的最爱是夜,如今夜已死,夜遭受了怎样的不测?夜遭遇到怎样的黑手?诗人的心该有多痛?这一切的一切都是诗歌本身没有交代清楚的,也恰是读者想象的空间所在:今夕我葬夜,他日谁葬我心?

《葬夜》,诗人以招魂之手,让夜复活,诗人在,他恋的夜就还活着……

寒夜

本来已经很暖

可以不用棉

本来冷已经走远

可以披上夹衫

本来可以林中赏月

本来可以月下读你

本来哟

以为已经走进了春天

本来哟

以为开始美丽的淡然

沉醉

沉醉

沉醉

迎来的却是一个新寒

寒

寒

扫码听诗
王宇红

寒

寒夜中唯有你的红颜

你的暖

你叫寒夜

几亿年延续下来的祖传

2017年3月1日

评点

  《寒夜》中，最动人的字眼是"新寒"。

  寒本无新旧之说，以新寒来加以区分，春天的寒就变成了新寒，那么，冬天的寒想必就是旧寒。旧寒的寒很自然也很平常，但新寒意蕴丰富，和我们想象中的并不一样，诗人连着用三个"寒"字来感慨，并没有特别失落，而是饱含希望，最后的落脚点是"红颜""暖"。英国作家利普·锡德尼博士说："诗人绝无谎言，因为他/她不肯定任何事情。"忽然想起这句话，是因为在王旭明的诗歌中，质疑、否定和意外发现成为他独特的思维方式。《寒夜》即是这样的作品。

独

不傍月

也不沾星

不依附街边的灯

也不靠着电闪雷鸣

漫无边际的夜哟

像一块永不融化的冰

黑色的

冷

黑色的

硬

每天傍晚

一个人悄悄地来

每天清晨

一个人静静地走

身后留下

留下你们

扫码听诗
詹泽

你们喜欢的
光明

不上色
也没风景
不去想五彩缤纷的炫目
也不去夺火热太阳的天命
漫无边际的夜哟
像一只挂了亿万年的风铃
黑色的
冷
黑色的
硬
每天傍晚
一个人默默地响
每天清晨
一个人沉沉地离
身后仍然留下
留下你们
你们喜欢的
光明

独来

独行

独往

独归

独之韵

独之情

2017年3月4日

评点

写出一种不争。

"独来""独行""独往""独归",诗人用四个独来定义黑夜的行为和感受,并旗帜鲜明地表达了自己对这种"独"的赞赏,那就是"独之韵,独之情"。在《独》一诗中,黑夜有自己的处事观、价值观、人生观,诗歌中固执的自我坚守和认同则是亮点,读来有一种励志和明志的功能。读完全诗,诗人的"本我"与文中的"他我"已经完全融为一体,须臾不可分离。

《独》之美,美在赤诚,美在坦荡,美在不争。

呼吸

呼出了白天

火红火红的太阳

吸进了夜晚

晶莹剔透的月亮

淹没在

黑色的海洋

广场

教堂

淹没在

黑色的心房

胸腔

身上

诞生了

一个伟大的呼吸

一个壮硕的坚强

呼出了最后一个太阳

扫码听诗
王宇红

吸进了临终一个月亮

唱着山歌

跳着艳舞

死亡

2017年3月7日

评点

写出一种戏谑。

诗人面对黑夜的态度特别值得玩味：有时赞美，有时同情，有时如胶似漆，有时充满爱慕。在《呼吸》一诗中，黑夜以腹黑的形象出现。黑夜"呼出了白天"，又"吸进了夜晚"，黑夜是如此值得赞美，然而，黑夜去"唱着山歌/跳着艳舞/死亡"，在诗人设置的情境中，白天降临，无疑就是黑夜的死亡，但黑夜却兴高采烈地奔向死亡。黑夜在诗人笔下如此豁达，如此荒谬，又如此令人尊敬。

亲爱的

亲爱的
你又来了
恐怕我一生也离不开的
美丽的雾霾

像朦胧的海
像飞舞的棉
好似一片不纯的白
好似一条堵塞的路
亲爱的
你又来了

你从不悦人而存在
你也不为己而消亡
你是调皮任性无所顾忌的女孩
你是疯狂装傻不计后果的二货

扫码听诗
王宇红

亲爱的
你又来了
有人赞美你是天才
有人欣赏你而狂吸
有人吃你喝你又咒你死得活该
有人打你骂你又爱你死去活来
亲爱的
你又来了

我们吻你一点不见外
我们抱你浑身爽歪歪
我们每天都在默默地期待
我们在你的王国里快乐生长
亲爱的
你又来了
亲爱的
你又来了
我们披金戴银载歌载舞
美丽的雾霾

2017年3月10日

评点

写出一种讽刺。

诗人以戏谑的口吻写了一首小诗《亲爱的》，写作对象是雾霾。诗人是真心热爱雾霾吗？是真心把雾霾当成自己的亲爱的吗？实际上并非如此，隐含在文字背后的是诗人巨大的无奈和愤懑，诗人只是以这种表达形式来反讽。

此诗充满"语言的谬误"，诗人故意为之，只为激发我们对雾霾的同情、怜悯甚至理解，而非简单的诅咒和唾弃。

暖

不靠温度
不是熊熊燃烧的火炉
你暖
暖得让人在云彩里
暖得让人在太阳中
入住
落户
你
暖暖的

没有色度
也没有五彩缤纷的衣服
你暖
暖得让人单纯
暖得让人青春
跳舞

扫码听诗
王宇红

读书
你
暖暖的

在黑夜的怀抱中作古
在白日的微笑里长哭
你
暖暖的

        2017年3月12日

评点

写出一种朴素。

一位评论家说:"好诗如间谍接头,惊喜暗捺;坏诗似泼妇骂街,直白粗鄙。"我特别赞同,觉得此话一语道破诗歌写作的玄机。诗人和读者,在诗歌中相遇,都应该具有"间谍"的眼光和功力,一句接头暗号抛出,就完成了彼此信息的交换。"你/暖暖的",如同本诗这样,以朴素唤醒惊奇,难道不正是诗歌写作的至高境界吗?

看吧,诗歌中真有接头暗语,让我们和诗人一起做那个幸福的"间谍"吧!

夜之苦

今夜苦
无雨
无泪
却在哭
彻夜长哭

脸是干的
老的
皱纹像一道道无水的瀑布
有河无水
有车无路
愿望全埋在心里
情感也都赌输
虽然夜色依然
黑如故

扫码听诗
王宇红

天是昏的

黄的

月亮被淹没在浑噩的湖

有光无亮

有色无图

诗意全放进雾霾

浪漫也入坟墓

虽然夜色依然

黑如故

今夜苦

无雨

无泪

却在哭

彻夜长哭

2017年3月22日

评点

诗意的延伸就像一潭碧水——幽深、安静、神秘,静静观望中夺人魂魄。

《夜之苦》貌似没有深刻的语言,疯狂荒谬的意象,诗人像是自言自语,又像是痴人说梦,透着"十年生死两茫茫,不思量,自难忘。千里孤坟,无处话凄凉"的沧桑与孤单心境。《夜之苦》是诗意的胜利。在这首诗中,浅的是语言,它不重不惊不奇不烫,但深邃的是诗意,它真诚,直接渗透,带着强烈的触动人心的社会观照,充满无声的控诉。

楼

把每一天
每一个夜晚
叠加
叠加
叠加成一座楼
叠加成一座摩天大楼
一层
看白天
看灿烂
看人间
看眼花缭乱的鲜艳
顶层
看夜晚
看斑斓
看狐仙
看望不到头的流年

我看你在楼前

你看我在天外

2017年4月10日

评点

写出一种克制。

有人说，好诗跟好看的姑娘一样，即便腿不长，腰不细，胸不大，但只要五官端正，身材匀称，有一项优点发挥到极致，走哪儿都能迷死人。小诗《楼》首先是"五官端正，身材匀称"，但更重要的是，这个"好姑娘"还特别有气质，这份气质就是精巧、婉约，话外有话，意中有意，适可而止，十分节制。

诗不是大片，不负责前因后果，完整剧情。诗歌是幽暗处明灭的灯火，是若有若无的水声，顺着那点光亮、循着水声追寻过去，你一定能够发现不一样的风景。

胡思乱想

忽然有一天
没了夜晚
从清晨
到十九点
二十点
二十二点
二十四点
太阳依旧
光明斐然
一片
一片灿烂

已经是凌晨两点
凌晨四点
越来越多的人
闭上了双眼

扫码听诗
王宇红

越来越多的生命

失去了阳光下的光鲜

那婴儿

那少年

那壮妇

那老汉

所有硬撑着的

和说自己一定坚持到底的

都七倒八歪

酣睡沉眠

没了月光

没了星汉

没了伸手不见五指的漆黑

没了黑色中的人间

任白色炫

任高声喊

那静谧中的诗意呢

那模糊里的美感呢

情歌

缠绵

全部消失

消失在

白色的沙滩

海岸

这一个

二十四小时的白天

终于过完

所有人都困乏至极

所有人都闭上了双眼

只有这时

人们才发现

每个人都拥有了

拥有了

属于自己的

夜晚

2017年4月13日

评点

写出一种哲理。

《胡思乱想》一诗并非胡思乱想，而是充满了人生哲理和诗歌意趣，这种意趣似乎只有在诗歌中才能点亮，才能被触碰和发掘。

《胡思乱想》中，诗人并没有直接赞美黑夜的重要性，颂扬黑夜之美、之重要，但一个巧妙的假设，却引发人们内心哲学思考的波涛和浪潮。应该指出，黑夜作为诗人王旭明的诗歌理想，无疑是诗人的生活趣味、价值、尊严、情感以及审美等方面诗性的揭示，更是诗人对人类、社会、自然及自身生命等的真切观照。

诗歌就是诗人灵魂的映象，诗人的担忧在《胡思乱想》之中，自我安慰也在《胡思乱想》之中。

阿布扎比之夜

竟然有这样的夜

湿热

蒸腾

一个在火中的鸟

一列在热中的情

将所有的冰冷

寒凉

消解

消解

消解在一个多么不同的夜

竟然有这样的夜

闹中静

繁之简

一座座在黄金中的楼

一群群在虔诚中的影

扫码听诗
王宇红

将所有的欲望

嘈杂

消解

消解

消解在一个多么不同的夜

啊,我的阿布扎比之夜

仅仅一瞥

一瞥出一片黑色的原野

原野上有沙漠

枣树

湖泊

月亮

仅仅一瞥哟

竟如此让人不忍告别

如此让人动心

仅仅几十年

几十年哟

跨越了几个世纪的一瞥

向导说,走吧,向前

酋长说,走吧,向前

太阳炫目

月亮迷人

黑色的心在说

这有尽头的世界

前方还有

还有一个美丽的

美丽的

阿布扎比之夜

2017 年 4 月 30 日

评点

写出一种微妙。

新鲜的诗意只能在微妙之处获得,因此,诗人必须要全身心地投入和体验,像品酒师一般,瞬间捕捉,向生活伸出不易察觉的敏锐的触角。

《阿布扎比之夜》,通过一系列意象制造了诗歌的蒙太奇,这些镜头语言跳跃、婉转,又回味悠长。诗人有意识地转换,有意味地组接,让这种描写动起来、延伸起来,产生一种微妙的感觉,让人沉醉向往,似乎又有点儿不知所措;让人无法占有,又无法破解。在这个过程中,阿布扎比之夜的确美丽起来,谜一样不能破解。

苦夜

别以为
夜是永远的黑
永远纯粹的黑
永远如墨
伸手不见五指
永远快乐
从来不知什么叫伤悲
不,不,不
许多时候
夜被雾霾强暴
被尘沙羞辱
还有雷
还有雨
还有人间的鬼魅
还有贼
夜哟,我苦命的夜

扫码听诗
王宇红

常常遍体鳞伤
常常皮开肉绽
常常是被奸污后的痛不欲生
常常是生不如死的几万倍
夜哟,我苦命的夜

许多时候
那纯如黑金的夜哟
是在飞
在飞啊飞
飞到哪里去了呢
飞在我的双眉
飞进我心

2017年5月5日

评点

写出一种懂得。

"好诗如爱,总有一分疼。"这句话说得真好,用到《苦夜》一诗上恰如其分。《苦夜》是诗人对夜的情感宣言,是自我表白,不遮掩不畏惧,还对欺辱夜的残酷现实提出了挑战和批判。

清华之夜

荷塘

绿柳

绽放的白菊

曲径

小山

树荫下的主路

清华的夜哟

美,美,美

美得一样拥有夜的黑

广场

老楼

一个个名人雕塑

精神

理想

自强不息 厚德载物

扫码听诗
王宇红

清华的夜哟

美，美，美

美得一样拥有夜的黑

清华的夜哟

是一本厚得读不完的书

是一池看上去很浅很浅的湖

是一条永远也走不完的长长的路

是一幅无法说得清的绝美之图

白色无法将其托举

杂色不能让其世俗

一百多年的老妇哟

仍然那样

那样美如初

清华的夜哟

就是这样美

美得拥有纯夜之黑

短途

长住

苦读

落户

在这纯夜之黑中长气一吐
高声一呼
啊
纯夜之黑
清华之夜

2017年5月21日

评点

写出一种向往。

《清华之夜》以深情的口吻,以所见所感勾勒出一份真诚的向往之情,诗人将隐藏于内心的爱在此诗中对读者和盘托出,用"纯夜之黑"这样的角度关照和赞美清华,可谓高超,可谓独特。

诗歌是有"我"的艺术,《清华之夜》写的是"有我之境"。

在《清华之夜》中,"我"不是孤立的,"我"在诗的肌体里膨胀,注重表达与他人心灵的叠合。不虚美,不过分,不矫情,诗人这"高声一呼",纯夜之美也进入了我们的内心。从总体上看,《清华之夜》呈现的是"我"对自身的关照和现实感,局部细致入微、整体宏阔多变,是一首大诗。诗歌,如果忠实于个人,诗人深入自己的生活与命运,某种程度上可能也写出了一个时代。

怪异

这个夜晚成了白天
耀眼
灿烂
一个个上班的人
一辆辆来往的车
月亮成了太阳
火热取代温暖
看那海岸
是银河的边
看那小船
是星星的脸
那细腻的情感
是天宫最深处的寒
那迷人的腰线
恰似白与黑交织的蜿蜒
夜晚成了白天

白天

在乎黑白之变
为玉盘
看了夜晚成白天
已淡然

2017年5月25日

评点

写出一种错觉。

《怪异》一诗的确很怪异,诗人忽然觉得"夜晚成了白天",接着,用大量的景来代替抒情,他节制着内心的情绪,不动声色地把所有情绪都隐藏在景中,任其默默流淌。

《怪异》一诗中,诗人所写的错觉是善意的、美好的,也是没有答案的。诗人的诗句呓语般摄人心魄,不惊不恼不愁,饶有兴味地诉说,一双惊奇的眸子藏在诗情的背后。面对自己的错觉,诗人最后只留下两个字——淡然。诗人居然"淡然"了?那是因为,黑夜也能有白昼一样的功效、一样的妖娆,夜之美又浓三分。

《怪异》到最后,是收拢、沉静而不怪,夜可给我们想要的一切,包括白昼。

想

——写给 2017 年端午节

你只要想

黑夜就是块糖

含在口中

甜在心上

扫码听诗
王宇红

你只要想

黑夜就是张床

横在面前

任由你躺

你只要想

黑夜就是海洋

辽阔无边

蓝色海浪

你只要想

黑夜就是束光

周身温暖

照亮远方

你只要想哟

黑夜就是爱

每天依偎在你身旁

像猫

像雨

更像春风

你只要想哟

黑夜就是诗

每天为你疗伤

像月

像星

更像永恒

那纯净的

那美妙的

那一片夜的黑

那一点黑色的想
黑色的想

2017 年 5 月 27 日

评点

想是功力,也是浪漫的展示。

在这首诗中,随着诗人"黑色的想",黑夜有了形象、有了性格,像糖、像床、像海洋,还像一束光,黑夜是爱、是诗,黑夜因为诗人的想似乎离诗人近了起来,能够随时给生活带来纯净和美妙的感觉。

端午之夜

不是水里
是天上
不是黑夜
是思想
不是粽子
是向往
不是屈原
是情与智交融的不了账
是诗与泪叠加的千千行
这个端午哟
让人过得
好长好长

这个端午哟
让人觉得
好香好香
就像雨巷

扫码听诗
王宇红

对，就是雨巷

戴望舒笔下的雨巷

只是少了那神秘的油纸伞样的

芬芳

还有幽怨而神秘的姑娘

又像乡愁

对，就是乡愁

余光中笔下的乡愁

只是邮票船票坟墓和海峡

早已不是旧的模样

唯有故乡

还在望着滚滚东去的长江

孤傲

顽强

青春般地成长

忽然觉得

今年的端午有点浪

血管全都喷张

没了方向

一片迷茫

2017年5月30日

评点

　　写出一种怀旧。

　　不管"是情与智交融的不了账",还是"戴望舒笔下的雨巷",抑或是"余光中笔下的乡愁",都是诗人的情感寄托,也是诗人因节日而滋生的情愫,这种情绪却因为无处安放而感觉迷茫。端午之夜,让诗人怀旧的夜。

原来

原来

可以对着你倾诉

可以哭

可以笑

可以像诗一样

对你读

也可以像对闺蜜

道道心中的苦

原来啊

你才是我的窗户

敞开心扉

倾诉

原来

可以到你这儿借住

不用洗漱

扫码听诗
詹泽

不用礼仪

不用像客人一样

衣冠楚楚

也不用过于世故

散发着浓浓的世俗

原来啊

你才是我的窗户

隔窗相望

美图

许多原来早已被淹没

原来黑夜还新鲜如初

2017年6月20日

评点

写出一种守望。

《原来》是一次用心的发现。高级的爱,就是不断守望,并忽然有新的发现。

在《原来》中,诗人发现一个新鲜如初的黑夜,重新摆放了自己在黑夜面前的位置、姿态……《原来》是守望,更是深沉的爱,《原来》中有包袱,更有最后机灵地一抖。你如果会心一笑,算解了其中味。

愿意

愿意
让你洗
让你湿润
湿润在黑色里
穿过银白色的发际
沐浴
让你洗

愿意
让你洗
让你浸透
浸透在黑色里
披着亮闪闪的彩旗
享受
让你洗

扫码听诗
詹泽

愿意
让你洗
让你烘干
烘干在黑色里
身着刚刚剪裁的新衣
展示
让你洗

选择一个愿意
黑色的欣喜
拥有一个愿意
黑色的坚持
我愿意
我愿意

2017年6月1日

评点

写出一种诺言。

有一种对黑夜许诺的感觉,我"愿意/让你洗",在前三节,诗人反复这样五个字,是一种写作上的强化,更是情感的强化,到了最后一段,"黑色的欣喜"和"黑色的坚持"都可以看作在这一基础上的获得。"我愿意",是轻声而美好的许诺。

静姑娘

这姑娘叫静

生下来就有着黑色的安宁

扫码听诗
詹泽

长相一点也不美

皮肤黑青

五官还不端正

小小的眼睛

塌鼻梁

还有身材短粗

这样的体形

容貌

实在让人不能高评

这姑娘叫静

生下来就有着黑色的安宁

她有阔大辽远的胸

月亮星星
是她青色服装的纽扣
电闪雷鸣
也很快变成一场虚惊
车辆
街灯
所有喧嚣的点缀
都是她生命的影
一晃而走
转瞬即逝
她的心
坚硬
她的情
永远
这姑娘叫静
生下来就有着黑色的安宁

这姑娘叫静
生下来就有着黑色的安宁

2017年6月4日

评点

写出一种形象。

诗人为黑夜命名，静姑娘可以说是黑夜的另外一个名字。有了名字就意味着有了形象、有了性情。静姑娘长相很一般，但生来就有黑色的安宁。更令人脑洞大开的是"月亮星星／是她青色服装的纽扣"，诗人通过丰富的联想让静姑娘这一形象变得丰满而独特起来。

我们记住诗人所热爱的黑夜，是因为她是独一无二的"静姑娘"，是因为她"生下来就有着黑色的安宁"。

心愿

如果喊
能将黑夜早日迎来
我想天天喊
大喊
狂喊
让白色之神为我之喊所撼
让白色之神为我之喊所寒
为黑夜喊

如果喊
能将黑夜多留一分
我想天天喊
大喊
狂喊
让白色之神不敢靠前
让白色之神心惊胆战

扫码听诗
詹泽

为黑夜喊

如果喊
能将昼夜在地球上统一
我想天天喊
大喊
狂喊
让昼夜之神在宇宙中交谈
让昼夜之神在苍穹里尽欢
为昼夜喊

某个傍晚
我因喊而亡
无人看见
看见我最后的容颜
无人分担
分担我最后的心愿
公元某年

2017年6月5日

评点

　　写出一种境界。

　　本诗中，昼夜和解，交谈尽欢，由拒绝到和解，由一个境界到另外一个境界。我们知道，诗歌中的"境"非专门指景物也。喜怒哀乐，都是人的生命状态，也是各种境界。故能写真景物、真感情者，才有境界，否则谓之无境界。诗歌《心愿》有景有情，境界由小到大，到结尾处又以无人看见、无人分担的孤独收束，诗人一"喊"恰如心头的雷鸣电闪，酣畅淋漓又令人动容。

乞求

生下来
第一次乞
乞求夜的收留
不要被阳光直晒
不要当白色之囚
也不要被辉煌灿烂炫目
更不要光天化日之下的娇羞
乞求
乞求
乞求夜的收留

生下来
第一次乞求
乞求当黑色之柳
即使被月亮声讨
即使让星星追究

即使当黑色王国的奴婢
即使喝下万劫不复的苦酒
乞求
乞求
乞求夜的收留

当太阳升起
一切如旧
梦长留

2017年6月6日

评点

写出一种柔弱。

诗人的《乞求》，其实是一种郑重其事的撒娇，是一种自我安抚。诗人宣布要"当黑色王国的奴婢"，故意让自己低到尘埃中去，并以此表白对黑的忠诚、忠贞和坚定。诗歌即性情，诗人认准的事情，即便前方万劫不复，也要走下去；他欣赏的人，哪怕众人都鄙夷，他也坚决捍卫，心意如昨。

诗歌是内心的镜子。从这个意义上来说，诗歌永远写的是自己，不是别人。

调戏

一会儿摸脸
温暖着
一会儿润眼
火热着
用鲜艳
用灿烂
勾得你哟
浑身燥热
还优雅而缓慢
对你乐
让你渴
想喝

中午的调戏
是条河

2017年6月7日

评点

写出一种趣。

读王旭明的诗,如果你跟着读,跟着品,时常会发现一种趣。首先是人有趣,有趣之人才会有有趣之思,才会孩子一样大胆想象调侃,才会满脑子往外冒"坏水",以及各种奇思妙想。诗人是有趣之人,敢于在诗歌中放下,敢于胡思乱想,也敢于调侃。因此,诗有别趣。

无主题

夜被剥了皮
黑仍然在其里

夜昨晚上产子
黑依然世袭

夜也会着急
黑终于发了一顿脾气

今晚的夜很令人惊奇
居然黑也唱了台戏

夜使出十八般武艺
黑伴着凉风习习

知道了夜的迷离
黑也无主题

2017年6月11日

评点

无主题的夜,是未解之谜。

对一个人或者一项事物感兴趣,就会反复玩味,反复体会,反复琢磨,诗人对黑夜就是如此。在诗中,诗人把黑和夜拆分,以夜的出场和行为去理解黑,仿佛黑与夜是两个个体、两个主题,最后的结论是"夜的迷离",黑因此"无主题",按照诗中逻辑,结果顺理成章。

咖啡馆

昏黄

三三两两

几个太阳

思想

在几个星球之间飘荡

飞翔

咖啡浓香

几缕柱似的模样

行走

行走

行走到天堂

咖啡已凉

加热在天上

依然凉

请求加点糖

依然苦

扫码听诗
王宇红

咖啡馆

打烊

关张

咖啡对你

我对咖啡

安详

也放浪

2017年6月12日

评点

　　苏东坡曾经把写作比喻为"行云流水""常行于所当行，常止于所不可不止"。这首诗自然流淌的写作正是如此。

　　诗人是这样一种人，他始终保持一颗纯朴的童心，不管是一杯咖啡，还是一点星光，诗人都不受习惯思维的影响，能够有新鲜的体验和独到的发现。这首诗写的是在咖啡馆面对一杯咖啡的思考，诗人没有深奥的哲理，只定位于和咖啡的关系——"安详/也放浪"。

儿女

这一个中午哟

是我的四个儿女

老大是闺女

温暖

却在国外

回来的时间很短

如同今儿晌午的光线

老二还是闺女

也温暖

却时不时地冷个脸

如同今儿晌午的云

老三是个儿

刁蛮

还向我要房产

如同今儿晌午的冷风

一阵儿阵儿的心寒

扫码听诗
王宇红

这老四哟

男子汉

如同今儿晌午的天

无论你怎么着

淡然

承担

这个中午哟

让我有四个儿女的体验

苦辣酸甜

真想再生产

当爸当妈

2017年6月12日

评点

写出一种亲情。

《儿女》一诗中,诗人把中午比拟成四个儿女:老大暖、老二冷、老三刁、老四男子汉。四种个性四种变换,刚好像极了初夏的中午,那么吻合,那么生动有趣。风云雨雪与喜怒哀乐其实互不相干,都是诗人把它赋予情感;就像生孩子是自然而然的事,但它真与孩子无关!

懂

阴
虽然无雷
雨雾
接近黑
那阳光呢
那灿烂呢
那光明下舞动的美
那晶莹剔透的杯
都在哪儿呢
全部演变了
演变成
成了接近黑
曾经把光明给
曾经让太阳入内
曾经拒绝阴晦相陪
曾经任由暗色高飞

全都演变了
演变成
接近黑

就在今天
公元 2017 年 6 月 13 日
白天懂了夜的黑
白天
懂了
夜
的
黑

       2017 年 6 月 13 日

评点

  《懂》是一种理想主义的终极体现。

  诗人在诗歌中表现出一种睿智——阴天下雨,虽然不是好天气,但在诗人眼中却与黑色接近,因此也就变得美好起来。诗人在诗中有"指鹿为马"的本事,把阴天下雨变成白天的主动选择,读来有很强的个人情感色彩。因此,这种误读也有令人心里一动、哑然失笑之功。

不懂

太阳
这么快
这么快就露了脸儿
不给
不给阴雨更多时间
白天
这么快
这么快就来到人间
不给
不给暗色更多地盘
一切怎么来的
如此突然
一切怎么变的
如此泛滥
当白色再次铺满
当花朵再次灿烂

是谁

是谁

在暗处流连

找寻口岸

白天啊白天

你真是

不懂

不懂

夜的黑

白天

不懂

夜的黑

2017年6月14日

评点

《懂》是理想主义,《不懂》在意料之中。

《不懂》很好理解,白天又恢复光亮,一切如常,因此也就不懂夜的黑。诗人在诗中写道:"白天啊白天 / 你真是 / 不懂 / 不懂 / 夜的黑 / 白天 / 不懂 / 夜的黑。"此语因为与一首歌词有某些重合,我就少了喜爱。

夜雨

一向安静的你
怎么竟然这样哭成泥
短暂的淅沥
继而咆哮倾盆
然后抽咽
接着又是滂沱不息
哎哟,打破长时间的静谧
让人心疼

一向安静的你
何以如此哭泣谁人知
是阳光的漠视
还是星星的躲藏
是街灯的骚扰
还是行人的聚集
哎哟,你会如此暴怒发脾气

扫码听诗
韦庠

让人心碎

今晚夜哭
今晚黑泣
今晚有情
今晚有你

                    2017年6月22日

评点

  有一句话叫"把你捧在手心里",诗人对于夜雨就是这样一种情绪。

  他心疼夜雨,用"让人心疼""让人心碎"这样的词语,诗人是如此担忧、同情,像个护花使者,充满了呵护。

  夜雨,是雨沾了夜的光,诗人爱的是夜,而不是雨。请您相信这一点。

夜雨（之二）

实在不解
雨为什么会欺负夜

扫码听诗
韦庠

淅沥也就罢了
为什么还要倾盆
暴打撒野
连绵也就罢了
为什么还要断续
又打又歇
下雨也就罢了
为什么还要起雾
污染了我的美之夜
下雨也就罢了
为什么偏偏在白色离去时
强暴了我的美之夜
我隐忍的

痛苦的
博大的
永恒的
美之夜哟
你这一辈子忍受了多少雨一样的温邪
忍受了多少

还是不解
雨为什么会欺负夜
那么安详
那么静谧
那么美的夜

我的美之夜
我的美之夜

2017年6月23日

评点

　　诗人对于夜始终如一，对于雨未必。

　　在《夜雨》（之二）中，诗人把夜和雨分成两个，并凭空制造了雨欺负夜的矛盾，甚至用上了"强暴"这样的词汇，可见其情感是跟着夜飘移的，为夜打抱不平，为夜伤心，为夜感叹。诗人在诗歌内部制造了冲突，并在冲突中有一种暴力美学的色彩，这是这首诗最大的成功之处。

坚持

流着血的伤口
由红变黑
多少年之后
变成了一栋楼
早已经没血
留下黑的宇宙

撕裂嗓子的吼
由大到小
多少年之后
变成了一片油
早已经没声
留下黑的奔走

白已瘦
黑正稠

扫码听诗
韦库

过往悠悠
疼痛后

2017年6月28日

评点

写出一种美好。

这首诗层层叠叠,简约有味,读起来颇有古风,又非常有韵律:口、楼、宙、吼、油、走、瘦、稠、悠、后……也许没有这个韵律,就没有这首诗,就没有诗中的意境。流血的伤口也好,撕裂嗓子的吼也好,黑因坚持而变稠,而存在,而不变。品味一种韵律,就品味出诗中的美好。

黑人

把你吞咽

布满

染了每一个角落

每一寸皮肤

每一滴鲜血

塑造一个黑的声波

把你溶化

流淌

湿了每一个泪腺

每一分情怀

每一丈豪情

生产一方黑的丰硕

白色已成昨

从此不说

无论还有多少年的存活

扫码听诗
韦库

少与多

黑人

黑心

黑色王国

2017年6月29日

评点

真可谓奇思妙想。

把黑吞了,把黑溶化,诗人希望自己的身心与黑融为一体,让黑侵占身体的每一寸皮肤、每一滴鲜血。诗人因为爱黑恋夜,愿意把自己变成所谓的"黑人"。黑人不是"人",而是一种理想。

夜之热

一直以为
你只有冰冷
寒凉
一直以为
你是一根绳
拴住了很多白日的坚硬
一直以为
你是影
罩住所有炎热
一直以为
你就是个冰箱
保持一个尺度下的温情
其实啊
其实不
你也是一块可融化的冰
夜之热

扫码听诗
韦庠

其实啊
其实不
你也是一个似火的生命
夜之热

所有阳光都在夜里安宁
所有白色都在黑中坚挺
夜之热

        2017年7月1日

评点

写出一种认同。

诗人以误解贯穿诗歌,几个"一直以为"之后,终于承认"你也是一个似火的生命"。在夏天,夜之热是事实,诗人承认这个事实则需要一个过程,这个过程就是深深的认同,是诗人面对内心的真情流露。

夜之热（之二）

这样的夜晚
像条河
泡着
洗着
充满了湿热
湿热

那身体上的泡沫
像跳舞似的
何等快乐
那水中的浪花
像唱歌
何等清澈
那水草
那小鱼
星星点点

扫码听诗
韦庠

影影绰绰

装点着黑色的河

湿热

快乐

满满的一车

长长的一课

听不到下课的铃声

无尽无休

这样的夜晚

像条河

哭着

笑着

充满了获得

2017年7月1日

评点

写出一种通透。

把天气炎热一身热汗的感觉比喻成"一条河",有了一条河就有了浪花、水草、小鱼,夜之热在这样的通感中忽然美好起来、丰富起来,充满了获得感。

花甲之夜

本应湿热
突然有风
加雨
夜成了一弯渠
流淌着泪
一直通到天
黑黢黢

本应酷暑
突然来凉
似玉
夜成了一支曲
悲伤小调
一直唱到老
祖母绿

扫码听诗
韦库

夜的气势如炬

六十年依然

夜的黑色徐徐

六十年不断

再来一局

下个甲子还来

花甲之夜

        2017 年 7 月 7 日风雨之夜

评点

　　写出了诗人的内心。

　　花甲之夜是诗人生日,由夜的气势如炬、夜的黑色徐徐,联想到 60 岁的自己,写夜,更是明志、写自己。

花甲之夜(之二)

拎起夜色
便跑
一百米
五百米
一万米
路遥遥
轻飘飘
拎着夜色
就这样一直在跑

拎起夜色
便跑
雨点落
雨骤急
雨倾盆
天未老
地辽辽

扫码听诗
韦庠

拎着夜色
就这样一直在跑

拎着夜色
就这样一直在跑
不是逃
不是闹
这轻柔秀美的斗篷
这天下无双的质地
黑色的
黑色的
放射出下个花甲之光
高悬
长照
拎着夜色
就这样一直在跑

夜色已累
白色高
跑者依然
人未老

2017年7月8日

评点

写出一种焦急。

"拎起夜色",美在一个"拎"字,妙在一个"拎",也灵在一个"拎"字。一个字能够让一首诗熠熠生辉吗?可以。有了拎的动作,就有了焦急的情绪,就有了因焦急带来的一系列动作。诗人与时间赛跑,拎着黑色,也就充满了力量。

花甲之夜(之三)

夜并不完美
只是始终如一坚持黑

扫码听诗
韦庠

有时雾
阻挡了黑之纯
有时雨
冲淡了黑之色
有时雷
震撼了黑之静
有时媚
迷惑了黑之尊
见到的六十年夜之黑
六十年夜之黑哟
实在不完美
忽然月圆
忽然月没

忽然满天星斗

忽然一片漆黑

还有四季之更迭

还有白昼之交接

不完美

不完美

为什么不能纯粹

纯粹的黑

夜并不完美

只是始终如一坚持黑

2017年8月9日

评点

写出心灵的励志。

花甲之夜的诗歌,与其说诗人写给世人,不如说诗人写给自己。夜并不完美/只是始终如一坚持黑——夜是有理想的黑夜,夜是从来没有放弃过自己理想的黑夜,夜执着向前,不管是雷、雨,还是忽然月圆、忽然月没,夜都一如既往地活成黑色的自己。这是诗人内心的独白,令人感佩。

生日

如果没有生日

我们会忘了年龄

多好

如果没有生日

我们会忘了性别

多好

如果没有生日

我们会淡忘死亡

多好

如果没有生日

我们会永远年轻

多好

但不能

但不会

但不该

生日如车轮飞似的来到

扫码听诗
韦庠

生日如流星闪似的悄悄
一天天变老
一天天变老

你问
怎样可以不老
我答
唯有尽情尽孝
吃一碗爸妈的面条
说笑
畅聊
你又问
还怎样可以不老
我又答
应朋友真诚之邀
喝一杯珍藏老窖
说笑
畅聊
无防备之心
无扭捏之态
古道

新潮

天地明照

心之桥

记不清摔了多少个跤

总之不倒

生日到

继续跑

青春之火还在烧

亲情和友好

——很少庆生，也怕；

六十则不同，似乎有了新知晓，以诗记之。

2017 年 7 月 7 日

评点

写出一种感恩。

这一天诗人过生日,这一天诗人写诗。文字是忠诚的,记录了诗人的所思所想,还记录了诗人在生日当天的行动,他和父母在一起,吃碗简单的面条;他和朋友在一起,喝杯珍藏的老窖。生日到,继续跑。生日之诗,诗人自己为自己加油,真诚地感恩亲情和友好。

雨

有泪水的形状
却并没有悲伤
有痛苦的模样
快乐却在心底飞扬
这水是长江
是黄河
是无数情感的偾张
是网
兜住了所有雨的分泌
兜不住像泪的一行行
滴答
滴答
溶解于夜色
溶解于黑的迷茫
今晚,这雨有了思想
过海漂洋

扫码听诗
韦庠

泪在船上走
雨成船边浪

2017年8月8日

评点

　　这是自然而然的诗意的生成。

　　在这首《雨》中，诗人把雨和泪交替起来叙述，通过一次次的对比来写雨，写出一种心襟荡漾之感。开篇，诗人写道，"泪水的形状／却并没有悲伤""快乐在心底飞扬"。可见，雨水和泪水不一样：雨没有负担，虽然有痛苦的模样，却是情感的偾张。接下去，诗人以网来比拟，把雨水和泪水的不同区分开来，两者的意境有了连接点，那就是"有了思想"。

　　赋予雨水思想，难道泪水就是有思想的雨水吗？一种神奇之感瞬间在人心间荡漾起来，令人感觉错愕又惊叹、美好又奇幻。

柔软的坚硬

夜啊

其实就是一块砖

站在下

站在上

站在左

站在右

上下左右地串

东西南北地钻

就是无法走进

柔软得像棉

黑乎乎一片

坚硬得像盘

黑乎乎没边

进去了风光无限

进不去就是块砖

砖有心

扫码听诗
韦库

夜有情

心情不在岸

在水中间

2017年8月9日

评点

写出一种谜。

诗人发现"进去了风光无限／进不去就是块砖"。貌似不经意的感慨中，却饱含丰富的人生哲思。其实，大千世界，你钟爱的事物莫不如此，被接纳找到入口，就把握天机，并且风光无限。坚硬和柔软其实是相对而言的。最后，诗人告诉我们谜底：砖有心，夜有情。可见，诗人已经找到破解之道，《坚硬的柔软》其实是柔软的。

一首谜般有趣的小诗，丰富而饱含哲理，令人读之惊奇，悟之惊喜。

如果天上没了雨

如果雨水是泪

谁还会哭

如果下雨解愁

谁还有苦

如果天没了雨

谁都会说不

如果地下了雨

谁还去读书

于是让雨入心

湿了窗户

于是让雨暖情

醒了干土

让雨飞吧

没有翅膀也许飞得更轻松

不世故

让雨跳吧

扫码听诗
韦庠

没有训练也许跳得更自由

不拘束

那天呢

那地呢

原来雨中湖

水上路

问君雨水到底有亦无

恰似你我朝朝又暮暮

2017年8月18日

评点

　　一首《雨》写得轻盈又痴迷,有一种痴情人的感觉。

　　沉浸诗中,人们会喜欢诗人笔下的雨:那雨暖情、不世故、不拘束。有了这份美好,天和地也因雨而为之一变,变成雨中湖和水上路。要知道,是否仰望天空,的确是物性与诗性、现实与超越的尺度。在这种仰望之中,诗人所扮演的角色是超越世俗的,自己成为天空的仰望者和聆听者,把雨水的声音变成心灵的呼声,让天空被遮蔽的本真部分敞亮起来。也正因为如此,《雨》一诗当中的"雨"光彩夺目,充满对俗世的召唤,顺便还制造了悬念和朝朝暮暮的爱情。

雷阵雨

像哭
阴霾的天
像咬着的唇
脸色昏暗
然后滴滴答答
泪奔
倾盆
一个悲伤的内心
由此开门
喜欢这样的雨
这样表达苦闷
突然
响起了雷
断断续续的
时不时地像炸坟
惊悚

扫码听诗
韦庠

恐惧

像是和雨强吻

又像是催泪

将清泪搅浑

将雨与雷捆绑

伤了雨的自尊

毁了雨的清纯

喜欢泪之雨

不喜欢雷之雨

一个求真

一个仗势

2017年8月12日

评点

一首小诗,写出善与恶,写尽善与恶,写透善与恶。

我眼中的诗人,其人生观中有一种"单纯信仰",这里面最重要的关键词包括爱、善、尊重和真诚,而真诚可以说就是诗人信奉的信条和做人准则。《雷阵雨》可以说是诗人的人生写照,写出了他的柔情千种,更写出他的疾恶如仇。

一首好诗,为天地万物立心,感人肺腑,催人泪下。诗歌最后的神来之笔,更让人心有戚戚焉:喜欢泪之雨/不喜欢雷之雨。因为泪之雨求真,雷之雨仗势。也许,从此我们望向窗外的雨,都会想起这样的人生信条。

轻轻

没有了雷声

也没了雨

没了闪电

夜仿佛一下子

很轻

很轻

像一片黑色的树叶

飞扬

飞扬

像一道墨似的影

长长

长长

依然很轻

很轻

不忍对她命令

她轻得让人同情

扫码听诗
韦庠

不愿对她强硬

她轻得犹如一片安宁

抓在手中跑

轻轻地

她伴你同行

放在胸口吧

轻轻地

她其实就是一张饼

但不要吃

但不要闻

只是一道美妙的夜景

轻轻

轻轻

今晚我是光明

一块没有分量的黑冰

在暖中轻轻

轻轻

2017年8月17日

评点

写出一种小心翼翼。

不容置疑,诗歌是情感的缩影。对于抒情诗人王旭明来说,诗歌就是他的舞台,那里有大千世界;诗歌就是他的绿叶与小草,那里有他寻找的春天;诗歌就是他的情爱,那里有他不变又美好的情怀。《轻轻》亮在"轻"字,一个"轻"的背后是自己的小心翼翼,那份呵护之情,那份关爱之意,怎能不让人怦然心动?诗人带着爱情的温度和紧张来写,带着一双爱情的眼睛潜入诗歌,轻声吟唱。

追溯

真的不知道
夜这一辈子
受了多大的委屈
一定要把自己
涂成黑
真的不知道
夜这一辈子
攒了多少个哀怨
一定要把自己
变成黑
在茫茫人海中间
在广大无穷的宇宙里面
以一方纯黑
以一袭青黑
吓着了多少男女的交欢
惊悚了多少孩童的游玩

扫码听诗
詹泽

夜啊,你究竟是为了什么
变成黑
变成黑

再也看不见
你黑之前的容颜
再也看不见
你黑之前的笑脸
也许你曾经是白天
有阳光般的灿烂
也许你曾经是花坛
有绽放芬芳的鲜艳
也许啊也许
你是名门之后
你是红色之旅
你是燃烧的火焰
你是喷出青春的泉
但
你现在只是
只是黑
黑色的一片

黑色的一片

不知道
多少亿年前
产生了夜晚
一个黑
一片黑
黑得坚定
黑得勇敢
黑得美丽
黑得永远

2017年8月19日

评点

  问夜即是问自己。所有向外的疑问,都是作者自我向内的找寻。

  诗人在《追溯》中写出一种杜鹃啼血的疼痛,这种疼痛的最后结晶却是赞许,是美好,是认同。

  诗人想要探寻的,是黑之前的容颜,以及黑之前的笑脸。夜在诗人心中就是一个谜——无解,却充满魅力;哀伤,却令人着迷。诗人面对夜,就像面对自己的亲人,想知道他的过往,他受到的委屈,面对过的苦难,有过的悲伤。诗人心里充满同情,如同杜鹃啼血,悲伤至极,不能自已。

吻

把唇给夜
竟无一点黑
以舌亲夜
竟成一个杯
装进夜的黑
好沉好沉
杯子竟成了雕塑
不进水
也没了空间
徒然美
不知过了多少年
太阳把月亮陪
星星把白天背
只有这个杯
在吻了夜之后

扫码听诗
王宇红

无黑之美

无夜之魅

2017年9月3日

评点

一吻之后,点石成金。

普通的一个杯子,因为诗人的亲吻,竟然或为雕塑,不可谓不神奇,然而,在诗歌中,一切的浪漫、一切的想象都有可能发生。这个杯子因为亲吻发生了变化,变得不朽,却是诗人眼中的一无所有。

飞

今晚的夜

是鸟

飞得很高

很高

今晚的夜

是草

飞得很飘

很飘

没有完整形状

没有一点声音

又高

又飘

飞入了海潮

在潮水中

她飞

流着眼泪

扫码听诗
王宇红

带着伤悲

有人说那是小鸟的号啕

有人说那是小草的逍遥

其实

她就是黑

愣黑

愣黑的

黑

却飞得很高

很高

夜不逃

黑不跑

今晚有夜

今晚有黑

2017年9月7日

评点

　　夜，是一只飞走的忧伤小鸟，还是飘着的小草。

　　夜，愣黑愣黑。诗人用两个生动的形象去固化原本没有形态、不可触摸的黑夜，令人耳目一新。对于黑夜，诗人有各种比喻、各种感受，我们可以将它理解为诗人对于黑夜的探索与触碰；对于自己喜欢的东西，诗人少不了有几许傻气。

最美的衣

薄薄的
纯色
穿着特别舒适
柔波通体
自然香气
哦,这最美的衣
只有她能见你
只有你能懂她
每个晚上
互相爱的注视
每个夜里
你我如胶似漆
当我疲惫不堪褪下你
发现四周还是你
当我终于睡去放下你
发现梦里依然你

扫码听诗
王宇红

哦，这最美的衣

但是

雄鸡报晓太阳高照

但是

车水马龙锣鼓喧天

穿上金缕玉衣

穿上时髦新款

走 T 型台

做时装秀

却看不见你

看不见所有心灵的秘密

阳光下

丢失了最美的衣

哦，我最美的衣

大约到了戌时

我才又见到了你

哦，这最美最美的衣

2017 年 9 月 9 日

评点

写出一种不可言说的沉醉。

《最美的衣》,是诗人对所恋黑夜的一厢情愿、一往情深、一片赤诚。最美的外衣其实就是黑夜,把黑夜披在身上,就成了最美的衣;把黑夜抱在怀里,就有了最美的爱。

醉夜

——写于某个酒吧

今晚的夜

是酒

浓得让人醉

醉得认不出你是谁

今晚的夜

是酒

热得让人高烧不退

醉得把夜当成鬼

在鬼身旁

看你

看他

看芸芸醉鬼

不胆怯

不吃亏

管它醉与不醉

管它是谁

扫码听诗
王宇红

扫码听诗
韦庠

今晚的夜

是酒瓶一堆一堆

是酒杯一柜一柜

是酒气

在空中被吹

是心灵

在迷茫中破碎

不怕

在鬼身旁

管它醉与不醉

管它是谁

今晚的夜是鬼

在鬼身旁

丢失了阳光和明媚

仍不悔

2017年9月17日

评点

  《醉夜》一诗，胜在即时感和现场性。

  诗歌是内心的风起云涌，忽而涌上心头，忽而消退，而成熟的诗人总是有能力将这种感觉紧紧抓住。这首《醉夜》的副标题是"写于某个酒吧"，一下子就点出了诗歌创作的背景以及产生的情绪和动因。

  诗人在《醉夜》的写作中，并没有采用很多人喜欢的叙事手法。心灵体验才是诗歌诞生和喷发的岩浆，对于诗人而言，"醉得把夜当成鬼"，情感的火山一喷发，诗句的力量就足以把人灼伤。诗人抓住"鬼"这一意象，"在鬼身旁"也成为后两节诗歌抒情的线索，显得诡异而又紧致。任何写作都有意无意追求一种"奇绝"，这种惊人之感即是语言的张力和新奇之效。

礼物

从最远最远

最遥远的天外

飘来

让最深最深

最深邃的心海

承载

黑得像宝石

像黄金

像美味

像鲜嫩鲜嫩的奶

没有形状

没有姓名

没有身高

没有色彩

只有你

在最黑最黑的最黑处

扫码听诗
韦庠

默默

悄悄

等待啊

等待

等待下一个神秘礼物

神秘地

到来

黑还在

天已白

看见没

前方还有

另一片心海

2017年10月2日

评点

写出一种美好。

对于诗人来说,宇宙苍穹就是未知的世界,它遥远而神秘,是最好的礼物,值得等待。这种美好的情绪蛰伏在诗人的心里面,说出来是那么甜蜜、那么多情、那么令人神往。

夜路

这路真长
长得让人多少有点悲伤
这路真浪
很浪很浪
浪得让人多少有点飘扬
于是
告别了阳光
以及曾经的所有向往
告别了昏黄
以及曾经的所有疯狂
选择
选择
选择了黑色的远方
这黑色的路哟
看不清
听不见

蒙蒙的一团雾

迷迷的一片天

不一样

没有伴侣

少了朋友

孤独的电线杆

挣扎的街边灯

不一样

的确不一样

没人送你吉祥

没人给你光亮

夜路就这样

很长很长

很长地在你面前

唱歌

跳舞

又徜徉

没有芬芳

也没有苦难

即使一点点忧伤

夜路上的坚强
黑色中的想象

2017 年 10 月 3 日

评点

　　写出一种坚定。

　　《夜路》一诗，诗人上来就以自我的真实情感抒发对路的感受，"这路真长""这路真浪"，但还是选择"黑色的远方"。

　　所有出色的抒情诗都是在用情感为自己的内心画像。《夜路》中，行走的主角是孤独的，"没有伴侣/少了朋友"，行走的主角是不被祝福也缺少帮助的，"没人送你吉祥/没人给你光亮"，面对夜路，似乎只有埋着头，咬牙往前走。真可谓，夜路长长无尽头，一个匆匆赶路人，一片痴痴无悔心，一份绵绵不了情。

　　其实，所有诗歌中的冲突，都是诗人自己一手制造出来的，诗人就是自己情感事故的酝酿者、引爆者、承受者和分享者。在《夜路》中，诗人并没有点明走夜路的是作者本人，还是他近一段时间诗歌的母题"黑"，如果是黑走夜路，其实夜路正是归途，夜路本该幸福，那么诗人又何来那么多担忧？为何又有那么多的想象呢？这正是所谓的呵护之情以及关照之意。

中秋月

——写于 2017 中秋夜独自漫步中

为什么看我
每一年
每一年的
这个时候
为什么看我
每个人
每个人
在这个关口
我不是开心果
每年都在这个时候
装扮和逗趣你一日复一日的浅薄
我也不是心灵鸡汤
为每个人的伤口
用轻柔的光一遍又一遍地抚摸
不
不

不
我不是你们的寄托
也不是情感的丰硕
我不是诗歌的丰收
也不是文学的开拓
错
错
错
我啊我
我只是月
亿万年前嫁到了黑色王国
我当上了夜的皇后
对
对
对
黑夜是我的老公
繁星是我的儿女
那最亮的是老大哦
懂事儿地发光替我分忧
那暗的是老小
羞答答地让我又抱又搂

我们幸福快乐地生活

生活在黑色王国

请不要再看我

我不是佛

请不要再看我

我只有与夜诉说

> 2017年10月4日

评点

  写出一种冷。

  这种冷是冷静，诗歌本身散发着月光一样动人且清冷的光辉。有一个互联网新词叫"十动然拒"，大概意思是十分感动，然后拒绝。《中秋月》即是。这个月亮谢绝身上所有的标签，想丢掉所有负重，包括爱慕，只想做回自己。

  《中秋月》的冷还在于冷傲。"月"在诗歌中讲述自己的身世、老公、儿女，最逗的儿女还有老大、老小……月以出嫁的女儿身份表白自我，"我们幸福快乐地生活/生活在黑色王国"，可见，月最乐意的就是做自我，安静地生活，她拒绝膜拜，拒绝被当成歌颂的目标，或者是安抚他人的角色。

  应该说，月的自我定位与寻找是苦涩的，是孤独的，甚至是奢望的。但诗歌是有趣的。我问身边的小诗人铁头，月亮是迎合世人好还是冷傲孤高拒绝好？铁头说，拒绝好，那才够销魂。哇哦，《中秋月》的确是销魂之月，诗人化身月亮，把月写活了，写绝了，写出了骨气，还写出了魅力。

影响

将夜当衣
一身黑袭
将夜当蜜
甘美如饴
将夜当你的爱妻
爱妻竟然多了数不清的美丽
将夜哟当你的儿子
儿子竟然增加了不少伟大的意义
爱夜吧，亲爱的你
夜是黑色的爆发
是黑乎乎的精华
夜是最亲最爱之至
夜是最强最大之极
夜是神
有说不尽的奇
夜是墙

有穿不透的壁

夜啊夜，幽深如此

无敌

无敌

无敌

天下第一

天下无敌

夜是一碗米

食之

可饱身体

夜是一首诗

读之

可强意志

以及美的启迪

2017年10月10日

评点

写出一种痴爱。

夜一直被赋予黑暗、压抑、恐惧、阴谋等不可测的形象。《影响》中，诗人让夜大逆转，以夜为衣、为蜜、为妻、为子，满满都是夜的好。可不吗，庄稼在夜间拔节，生命在夜间孕育，"夜"无限的创造性与影响力一直顽强存在。这么多年呀，"夜"实在是委屈了。今天，诗人以诗歌《影响》为夜正名，每个人都受惠于黑夜，可很多时候，我们是无心的。

诗歌《影响》读后，感觉夜的影响是无声的，是深沉的，是巨大的，是慈悲的，这种影响从未间断。只是不知，还有多少诸如此类的影响被我们无视？

撒娇

今晚对夜撒娇
说我开始变老

那明显的皱纹
样子如承载一生的辛劳
那无神的双眼
看上去就是对青春的叛逃
少了始终如一的思考
少了年轻气盛的自豪
还有
迈起了慢步
碎碎的一顿一顿的慢步
登山
过桥
低着头
弯着腰

像是在寻找

寻找

寻找着逝去的理想

寻找着久远的爱情

寻找着追求的正义

寻找着永恒的经典

吃药

悄悄

悄悄

吃药

还有血糖血脂和血压

指标全高

但又一时死不了

原来就这样

就这样

开始了衰老

今晚对夜撒娇

说我开始变老

夜把我紧紧拥抱

又把我当成三岁的孩子

摇啊摇
摇到天河银桥
荡漾微笑
微笑

     2017 年 10 月 15 日

评点

写出一种慰藉。

撒娇,懂得安放面子和权威,以痛为进,向世界示弱。对人撒娇,符合生活常理,谁都可理解,但是对黑夜撒娇,那就是诗歌了,不一定谁都一眼望得穿。撒娇的本质是通过示弱来主动获取理解、同情、呵护,得到情感上的支持和认同,诗歌《撒娇》不是无病呻吟,而是诗人真实情感的释放。

诗人大量细致生动的描写和铺陈都是为诗歌最后一段对黑夜的"投怀送抱"做情感准备。一句"又把我当成三岁的孩子/摇啊摇",令人想起徐志摩的经典诗句:别拧我,疼。《撒娇》到了结尾处,就如同说相声要抖包袱一样,诗人最后的抖包袱即对"黑夜"的撒娇亮了、醒了、有趣了。这一撒娇不要紧,我们可以清楚地看到,黑夜已然是诗人灵魂的故乡,只有在那里,他才能得到一种呵护和庇佑,才能被当成"三岁的孩子"。

示爱

对夜示爱
开始可不是现在

傻子似的
整个一个木呆呆
不说话
也不唱歌
更不用说跳舞
黑漆漆的
没有绚丽的色彩
没有清纯的洁白
没有湛蓝的大海
没有神赐的天才
这个黑哟
完全是烂白菜
死胎

没有一点味道
更谈不上青春之美
还有它那面对雷
面对雨
面对雾霾
面对街灯
永远的忍耐
不断的失败
唉
这个黑
这个黑
爱上你真是人生天大的
天大的悲哀

对夜示爱
开始可不是现在

        2017年10月16日

评点

写出一种痛苦。

　　对黑夜示爱，如果你不能理解黑夜，发现不了它的美，黑夜就是"烂白菜""死胎"。诗人因此反复强调"开始可不是现在"，以此来进行反思和对现实的嘲讽。此诗正话反说，值得玩味。

吃夜

今晚吃夜
今晚吃夜
因为爱

好酸
酸得让你浑身不自在
打战发抖
好甜
甜得让你死去活来
天天想念
好苦
苦得让你终日心塞
好辣
辣得让你天天发烧打摆
这吃下去的黑哟
把你的心肝肺

把你的手头脸

里里外外

里里外外

无白

纯黑

变成了黑色的人

生活在黑色地带

今晚吃夜

今晚吃夜

不悲哀

也不失败

只盼再来

因为爱

因为

爱

2017 年 10 月 14 日

评点

诗人的爱夜宣言总是那么淋漓尽致、那么毫无保留。

吃乃"痴"也。恋爱中的男女有时常会表白"真想把你吃下去",吃是一种占有、拥有、保有。吃,性感、热烈、有味。"吃"字之妙让人联想丰富。在诗中,诗人异想天开,吃下去夜之后体验到酸甜苦辣,感觉非常丰富,诗人却幸福地宣布"变成了黑色的人"。可见,诗是灵魂的秘密,只希望自己如黑夜般富饶、纯粹,所以诗人说"不悲哀／也不失败"。

怨

夜已经够黑
为什么还怨
怨她黑得还不纯粹
怨她有雷
怨雷声太高的分贝
怨她有闪
怨电闪太快的痕迹
唉，为什么还怨
怨她黑得还不完全
怨她会飞
怨飞走了黑没了夜的美
怨她经常落泪
泪中含着太多的伤悲
唉，夜已经够黑
为什么还怨

夜已经够黑
为什么还怨

2017年10月28日

评点

写出一种同情。

《怨》一诗如同一首委婉哀伤的小夜曲,为夜的黑鸣不平,为夜而伤悲。诗情缘何而来?马拉美说:"为了聆听肌肤里钻石的哭泣。"诗人之《怨》是同情之怨。他敏感而微弱的内心此刻似乎蜷缩着,不敢去抗争什么,只是拿起诗歌这个唯一的武器,在忧郁中低声倾诉。

忘记

有一个地方的晚
让我忘记了夜

那地方叫怀来
天青水绿
空气特别新鲜
清风中的我
仿佛是条线
一直拉到了天
不,不,不
在人间
吃起了三十多年前的小"国光"
酸甜酸甜
红红的小海棠
像花开在肚子里
鲜鲜艳艳

还有水库的鲤鱼

刚出锅的荞面

啧，啧，啧

怎不连连赞叹

最美是人

老师们质朴得无须打扮

学生们可爱得无须语言

三个校长

来自乡镇和重点

却如亲兄弟一般

逗笑耍贫

无高低贵贱

无歪心邪眼

君子国中男女老少

也不过如此

有一个地方的晚

让我忘记了夜

2017年11月5日

评点

诗贵真情。

2017年11月初,诗人去了河北怀来的一所乡村中学"送教下乡",把他倡导的真语文理念传递到大山里。在怀来停留的时候,当地淳朴的老师们嘱咐诗人说:"为我们写一首诗吧,我们期待着!"

诗人应诺,回来后不久创作了这首《忘记》。

熟悉诗人的读者都知道,作为黑夜派诗人,他最爱最痴迷的就是黑夜,曾无数次讴歌和赞美黑夜。然而,在《忘记》一诗中,诗人上来就写道:有一个地方的晚/让我忘记了夜。这是这首诗歌的眼睛,也是诗人的神来之笔。在诗歌创作中,事与实有一种平衡的关系在里面,"无实则无诗,唯实则诗亡"。很多人拿出写散文那一套来堆成诗,徒有诗歌的形式,而无诗歌的内核,可以说,平衡"实"与"诗"的关系是检验诗人创作能力和水平的重要标尺。

《忘记》首尾相同,开始是设谜,结尾是解谜,中间一段由景色到具象的"国光"苹果,到水库鱼、荞面,再到老师、学生和三位校长,诗跳跃、自然,仿佛在草丛上轻盈跳跃的麻雀,读来让人感动又留恋。

寒之夜

喜欢夜
不在乎它的寒

寒夜中
想到远去的孤帆
冷饭
想到孤独的帐幔
空盘
没有眼泪的哭
不出声音的笑
广阔中一条小路弯弯
方寸里一只飞蛾爬攀
黑色哟
包围着无名的夜
寒冷哟
浸泡着孤独的晚

那月亮呢

恰似愁肠在高空盘旋

那星星呢

恰似碎了的心在天上洒满

但

但仍然

仍然喜欢这样的夜晚

寒冷中

蕴藏着温暖

黑色的温暖

喜欢夜

不在乎它的寒

2017年11月7日

评点

写出一种率性。

在诗人的笔下,寒成为夜的一种属性,诗人宣布:喜欢夜/不在乎它的寒。实际上,寒之夜只是诗人笔下黑夜的一种属性,不管夜怎样,诗人仍然喜欢。这就是诗人对所爱的事物发出的宣言。

妻

今晚决定
娶夜为妻
写浪浪漫漫的
动人情诗
今晚决定
娶夜为妻
过长长久久的
平凡日子
相信吧
只要坚持
再明媚的阳光
也不会让我们分离
相信吧
只要努力
再灿烂的白天
也不会让我们昏迷

即使全天下都是

都是狂歌烂舞的欢天喜地

即使全天下都是

都是五光十色的盛大婚礼

还是看见了你

你在所有光明之后

你在所有美满之后

你啊

最美的妻

你啊

最贤慧的妻

今晚决定

娶夜为妻

2017年11月17日

评点

写出一种迷人的浪漫。

真正的浪漫首先满足于感官，不为功利性的目的所左右。虽然诗人宣布娶夜为妻之后"过长长久久的／平凡日子"，但诗人接下去却没有继续写如何"过日子"，而是讲述相爱的意志是如何坚定、所设想的婚礼是如何美好、所娶的黑夜之妻是如何贤惠。因此，这首诗最动人的就是诗人如少男一样的向往之情。

北宋隐逸诗人林逋隐居西湖孤山，终生不仕不娶，唯喜植梅养鹤，自谓"以梅为妻，以鹤为子"，人称"梅妻鹤子"。今天，诗人宣布娶夜为妻，不失为一种伟大的浪漫，令人叫绝。黑夜之妻，不为俗世，只为精神和理想之美。

问候

夜哟

好久没见了

你好吗

请别忘记

别忘记我久长的问候

没了你的声音

没了你的形状

真是增加了许多愁

愁得眉如月

如钩

如风在地上走

如飘在空中的楼

没了你的笼罩

没了你的相拥

真是增加了许多愁

愁得眼如星

如没了灵魂的肉
如露
如冬日里寂寞的丰收
还是想你
夜哟
无法抗拒对你的问候

夜哟
好久没见了
你好吗
你
好
吗

        2017年11月26日

评点

写出一种依恋。

诗人面对夜,如同一位许久不见的老友,那种依恋,那种牵挂,写满笔端,甚至是"无法抗拒"。一首小诗、一声问候就是诗人自身热忱的人生观照和悲悯的情怀,更是他自由的表达和对人生真相的揭示。

两棵树

窗外
两棵树
陪了我九年的两棵树
你好吗

你的根在土
身在空
心呢
心在远处
你的形好粗
色在外
魂呢
魂在天路
你怎么不孤独
因为你是树
你怎么喜欢独处

因为你是树

告诉我

为什么你能一直坚持九年居住

告诉我

为什么你愿一直陪伴不离窗户

不笑

也不哭

不甜

也不苦

哦,原来你有几十年不变的凝固

哦,原来你是几百年坚持的枯木

无水之湖

无子之母

窗外

两棵树

陪了我九年的两棵树

你好吗

2017 年 12 月 24 日

评点

《两棵树》是诗人写给自己内心的情诗,是旁若无人写给自己的一段心语。

在诗歌写作中,我们总要找寻那个抒情的点。由于年龄关系而离开工作岗位后,诗人不掩饰自己的留恋、不舍,这一切的表达不是空的,而是依托诗人熟悉且热爱的两棵树来完成。

《两棵树》就是写给自己的情书,诗歌也因此进入一种新奇而孤高的境界。从本质上说,诗歌是诗人写给世界的情书。美好的男人女人、消逝的光阴、花朵、云彩、黑夜,都是诗人爱恋的对象,而《两棵树》更像是诗人的恋人,爱得深,理解得透。

淡淡的一句"你好吗",朴素却动人,有引人落泪的功效。诗人九年出版工作的苦与泪、孤独和坚持都在诗中飘洒。读懂《两棵树》,就明白了诗人。一纸情书,不能忘……

迎 2018 新年

寒冷萧瑟之冬

飞来无数小虫

扑面

钻心

形成一条龙

唱在山中

舞在天穹

今晚可否让我枕长虹

卧在夜空

2017 年 12 月 31 日

评点

写出一种飘逸的心情。

诗人突发奇想,在过新年的时候,"枕长虹/卧在夜空"。可见诗人心情不错,心里有许多小虫在秘密地蠕动,带着渴望、带着畅想走进2018年。

月全食

黑夜
纯黑和崇高的黑夜
也曾有短暂的阴沉
联合太阳和月亮
不
不如说是勾结
遮挡住心
无光
无亮
无痕
一片黑色的阴沉
让人生恨
就在今晚
身边多了一颗心
她从被遮挡的后面
从一条秘密的通道

陪我入寝
让我坚信
送我重进夜之门
举杯邀明月
对影成三人
举杯邀明月
对影成三人

举杯邀明月
对影成三人

2018年2月1日

评点

　　写出一种不完美。
　　诗人从来都是赞美黑夜,然而,借助月全食,诗人也说出了黑夜的一点不完美,也曾有短暂的阴沉。然而,成熟的悲伤不需要歇斯底里,诗人忽然发现身边"多了一颗心",让他重进夜之门。这首诗巧借一句古诗抒情,心境与意境相映成趣。

恍惚

夜跑起来了
飞快飞快地
夜哭起来了
奇奇怪怪地
夜还在众人面前摆酷
好帅好帅地
夜竟然对我发怒
让人心塞哟
心塞

夜虽然很黑
其实并不坏
是灵魂的包装
是甜心的项链
是伴侣的追随
是一杯奶

时间长了
又忘记存入冰箱
味道变酸
长了毛儿
夜哟
这回栽了哟
因为天色已白

夜虽然很黑
其实并不坏

          2018年3月4日

评点

写出一种哲学。

诗人始终在把玩黑夜,琢磨黑夜,定义黑夜,理解黑夜。诗人始终表情严肃,郑重其事,这一次,诗人却对黑夜极尽调侃之能事,"夜哟/这回栽了哟"。尽管如此,诗人在嬉笑怒骂背后对于黑夜还是有相对公平的结论——"夜虽然很黑/其实并不坏"。这种评论颇有哲学意味,很多我们眼中"栽"了的人,其实未必就"坏"。

夜·人

忽然发现

夜成了一个人

有了生命

那星星是人的双眼

似有泪痕

那月亮是人的头颅

不断发问

月光下的婆娑树影

好似毛发根根

早晚交替的时刻

正是一个人的命门

小伙子的青春

少女一样的鲜嫩

活跃起来如神

天真

当衰老来临
如月亮在天亮之前归隐
那灵魂呢
是人怎能没有灵魂

那灵魂啊
在我的身体里
是我的心

2018年3月10日

评点

今晚的夜就是诗人,诗人就是今晚的夜。

《夜·人》中,诗人以奇特的想象把夜想象成人,并赋予了它生命。更重要的是,诗中之夜与诗人的心境和情感经历又是那么巧妙地重合在一起,这种貌似偶然的"相遇",实际上是诗人的联想和心境融合在一起产生的移情。

《夜·人》让读者看到,诗人是抒情的高手,更是写景的高手。在整首诗歌当中,他的情感很节制,但很有力量,像水下的暗流,在默默无声的涌动中摧毁一切,包括你的心灵。

忠义

月亮只在夜晚发光
是合法夫妻
这几十年一晃
白头偕老
星星只在夜晚闪亮
是月与夜之子
这几十年不长
童心不变
那没有血缘关系的路灯呢
那非亲非故的小小萤火虫呢
全部在夜里发光
只对黑
对黑
才做出亮的模样
这是一个多么奇特的家
世界

没有夫妻新婚后的七年之痒

没有兄弟发财当官后的张狂

不装

不藏

没有心脏

有心

没有思想

有情

不入洞房

因为没有见到黑色新郎

不发光

不进广场

因为没有见到黑色幔帐

不发光

2018年3月16日

评点

忠义是一个特别宏大的主题,诗人却以诗歌的形式来表现。

在这里,诗人以月亮、星星和黑夜的关系来写忠和义。诗中,月亮和星星性痴而志凝,只对黑忠诚,只对黑发光。忠义也许为痴,忠义更是一种偏执之爱。

春天下雪

一位六十一岁的老男人
等了五十年哟
五十年
迎来了十六岁少女的爱情
火热的
真挚的
性感的
美妙的
嫁妆是栋楼
姑娘的樱桃小口
美哟
真美
老人志满意得
还老年得子
却载不动了
载不动这许多愁

人已瘦

情还有

人已瘦

情还有

      2018 年 3 月 17 日

评点

胜在妙喻。

老夫聊发少年狂!春雪带给诗人的是爱情,是志满意得,这种比喻令人脸红心跳。诗人可真有一套,也真够大胆。

春雪之夜

以为一片洁白
等同月
以为一片亮晶晶
等同星
错,错,错
只是过程的影
落地已为泥

以为一片洁白
等同灯
以为一片亮晶晶
等同景
错,错,错
只是飞舞的形
俯瞰还是黑

以为一片洁白
等同纯
以为一片亮晶晶
等同情
错，错，错
只是不老的井
下去即归零

没了寒冷的硬
没了冰

2018年3月22日

评点

诗歌有时是为了抒情,有时是为了冷静。

《春雪之夜》是一首冷静之诗、一首不赞美之诗、一首说真话的诗。然而,就是在这冷静、不赞美和说真话的态度中,诗人发现事物的本质并向读者揭露了事物本质,让人们从春雪带来的美好表象中猛然清醒,剥离出来——这冷艳的《春雪之夜》!

诗人是个老练的诗歌创作者,《春雪之夜》一诗的语言风格极简练,句子短,惜墨如金,是诗人的本色"出演",是诗人心性的回归。春雪之夜里的狡黠、冷眼、调皮,是我眼中诗人应该有的样子。

思夜

自从葬了夜
便思
夜夜思夜不得夜
思得好苦

自从葬了夜
便想
夜夜想夜不见夜
想得直哭

自从葬了夜
便等
夜夜等夜无音讯
等得残酷

自从葬了夜

便盼

夜夜盼夜日日盼

盼得又有些幸福

夜哟，自从那天葬了你

便迷了路

黑白分不清楚

远近找不到路

思夜

想夜

等夜

盼夜

盼得人已作古

盼得所有生命干枯

也思

也想

也等

也盼

也思

也想

也等

也盼……

2018年3月29日

评点

写出一种虐。

黑夜在诗人笔下是故事,更是事故。自从诗人宣布"葬夜"之后,就为后面衍生的一系列故事做了铺垫,诗人情感的急剧冲突,葬夜之后的苦楚、盼望,还有葬夜之后种种内心的复杂,对于诗人来说几乎都是"事故",诗人不淡定了,却装作平静地说出"也思 / 也想 / 也等 / 也盼……",这份情绪,好虐心啊。

祝福

那年,夜已为人夫
却发生了出轨
那年,夜已为人妇
却还是与月私奔
甚至已经为父
生下了星星们
还是背叛了爱情与婚姻
夜哟
曾经犯过人世间最大的错误
作风
作风错误

那年,与夜相恋
相恋在林间小路
那年,与夜相处
相处直至成家

与夜一起做饭
与夜一起读书
与夜一起弹钢琴
与夜一起立门户
桩桩件件
历历在目
难忘
永恒

直到夜突然病故
下葬
直到夜早已作古
消失
仍然为亡夫祝福
仍然为亡妻祝福
祝福

2018年4月30日

评点

写出一种大爱。

自从诗人葬了夜,夜便真的死了,诗人想到夜曾经的出轨,想到与夜曾经的相恋,诗人难忘,诗人感伤,最后居然宣布仍然为亡夫/亡妻祝福。这种爱博大、痛苦,又难得。

说春

不喜欢春
又暖又寒
也没个准儿

热起来
二三十度
吓人
冷起来
接近零度
阴森森
该有多强大的心
接受这冷暖无常
冷暖无常的春
霍金死了
不知这又是什么新鲜的理论
想冷就冷

想热就热

叫春

唉,这季节够美

但,实在不够认真

鲜花挺艳

品种也多

就是很快

很快地就关上了这生命之门

春意盎然

春情荡漾

只是很短

很短就开始了下一轮

爱情很快

仪式很短

马上就开始了离婚

喜欢冬

喜欢夏

无论严寒与酷暑

恒温

2018年4月1日

评点

  《说春》里有一个真实的诗人。

  被大家称为"黑夜派诗人"的王旭明擅长抒情，而这首诗却诗风冷峻，很有哲学家的严谨，特像"杠头"。《说春》令我想起村上春树谈跑步的书，其中有一小节："跑步时浮上脑际的思绪，很像天际的云朵，形状各异，大小不同。它们飘然而来，又飘然而去。然而天空犹自是天空，一成不变。云朵不过是匆匆过客，它穿过天空，来了去了。唯有天空留下来。"

  "想冷就冷 / 想热就热"，显然，诗人对春充满怒气和无奈。作为诗人最重要的就是要触摸到那种真实的感受，并且把它一股脑抛出，接受不接受是读者的感知能力问题。

独守

自从葬了夜
便独守

有人劝
趁着年轻再找个好人家
这日子还得过哟
有人安排
领来一个满面油光者
还有人主动上门
跑前跑后献殷勤
更有人以身相许
说为了爱情
但
就是忘不了晚
那黑油油的一片
那永远沉睡的无言

那光亮却没有双眼
那黑色的坚持与勇敢
忘不了哟忘不了
忘不了
不再娶
也不改嫁
独守
独守这没了黑色的夜晚
黑色的天

自从葬了夜
便独守

2018年4月2日

评点

写出一种孤单。

这种孤单要从《葬夜》开始。自从埋葬了黑夜,诗人就失了魂,丢了魄,失去了灵魂的另外一半,于是诗人选择独守。独是高贵,而非无奈;独是珍重,而非挥霍。葬夜之后发生的《独守》,是诗人心灵剧的第二幕。

遥寄春雪

听说北京下雪

这里没有

听说雪很坚决

从白天一直到夜

那春呢

那太阳呢

那所有温暖的情怀呢

那兄弟

那情爱

那如诗如画的昨天呢

哦,原来夜已赴约

听说北京下雪

这里没有

听说雪已冷却

从白天一直到夜

那你呢

那你们呢

那所有万家的灯火呢

那丈夫

那妻子

那美丽动人的生活呢

哦,原来夜还在自虐

遥寄春雪

夜依然缺

2018年4月4日

评点

　　不懂诗人的夜，就不懂他的春雪，就更不明白他诗情的曲曲折折。

　　随着年龄阅历递长，越深感一个人的见识见解难以跳出他的层次和立场，所提出的问题和追寻的答案也往往是自私的。若想俯下身关心天地万物，必须先站在高处。《遥寄春雪》是一首小诗，却有大爱，他遥寄春雪，却把爱给了夜，赞美夜"稀缺"的品质，声东击西，借雪托夜，可谓颇费心神。

祭夜

——致2018年清明

没有鲜花

果品

不烧纸

甚至也没有陵园

坟墓

都没有

在哪里火化

埋在什么旁边

骨灰是撒在江湖

还是席子一裹

凄凄惨惨

全

不

知

晓

该如何祭奠

该如何祭奠

公元 2018 年
清明的傍晚
一个人
面向苍天
祭奠黑夜
黑夜的祭奠

      2018 年 4 月 5 日

评点

写出一种苍凉。

《祭夜》是心祭,是精神层面的祭奠,因此无法用祭祀死人的形式来进行,在诗歌中,诗人以"全不知晓/该如何祭奠"来写自己的一种状态:手足无措,内心无处安放,读来有一种苍凉感。诗人先是葬夜,夜已经死去,死去之后诗人难过、伤心,又去祭夜,祭夜不成,此乃清明节锥心之痛。

童心

拉着妈妈的手
一步一回头
爸爸只顾往前走
走到街尽头
爸爸瘦
妈妈壮
爸爸丑
妈妈俊
两人又好又吵
一阵儿阵儿烦死人
我想像妈妈哟
可偏偏像爸爸
我想多点自由
他俩伙着跟我干
夹在他俩中间哟
好难受

够够的
唉
一个楼接一个楼
一群人挤一群人
找不到一个花园
一块草坪
找不到一个伙伴
一片田野

哈哈
我才不愁
我左手拉妈右手紧紧插在兜
兜里呀
兜里有个好朋友
她的名字叫黑夜
藏在兜里不露头
黑夜拉着我的手
始终伴我游

2018年8月25日

评点

《葬夜》，那是一种沁人心扉的痛楚；《童心》，传递心头的一片暖意。

某种意义上，诗歌是纯思，心纯之思，单纯之思，而非政论，更非说理叙事。《童心》纯纯的，暖暖的，读了，把人带回那种孩童一样的"憨傻"中。诗人从拉着妈妈手开始写起，写和爸爸妈妈一起往前走，写自己眼中父母的形象，父亲的"瘦""丑"，妈妈的"壮""俊"。值得一说的是，诗中的"孩童"是诗人在诗歌中创造的艺术形象，并非真正的自己，诗人只是借助孩子的眼睛在说他与黑夜的关系，以及黑夜带给诗人的"相伴"的感觉。

在诗中，诗人对于自己夹在大人中间持否定态度，他难受，他想逃离。而真正陪着他的是衣服兜里的黑夜，这才是他真正的"好朋友"，和这个好朋友在一起的归属感甚至超越与父母在一起。可见，是黑夜给予他生的意义和快乐。

苹果

清明刚过

从无数祭品中

挑了一个苹果

送给死了的夜

苹果说

不够圆

不够脆

不够甜

不够美

颜色更是老丑

还有器官已经全都衰退

无法进入

无法进入黑色王国

无法进入

劝苹果

不要管自己有多破

颜色

形状

味道

品质

建立信心

拥有理想

你就是一个苹果

一个完全可以进入黑色王国

祭奠夜的苹果

苹果一生犯下的最大错

就是没听劝说

没有进入黑色王国

没有进入

死了

2018年4月7日

评点

　　写出一种使命。

　　在诗中,被选作祭祀用的苹果,自己觉得"不够圆／不够脆／不够甜／不够美",还"老丑""器官已经全都衰退",拒绝了自己的使命。诗人选中这个苹果祭奠死去的黑夜,无疑是委以苹果重任,苹果也因此有了使命,可惜的是,苹果不自信。

　　诗人在诗歌第二部分推进,作为使命的赋予者或者说苹果的挑选者,他开始劝导苹果继续完成使命,不辱使命:建立信心／拥有理想……然而,苹果还是没有成为诗人想要的苹果,最后没有完成使命,结局是"死了"。

　　看到此处,心头忽然一酸,一个"苹果"如果拒绝完成使命,不愿意成长,不愿意带着痛苦飞翔,从这个意义上说,苹果没有出息,苹果平庸。

　　诗歌其实就是情感的突围。《苹果》一诗看起来诗人很冷静,实际上却暗流涌动,蕴含着诗人丰沛的情感,也许隐藏着诗人的心伤和眼泪。

夜之天堂

夜并没有死
只是上了天堂

这里有绿树和小草
一行行
这里有温情和笑脸
一张张
没有奸佞
没有疯狂
没有形形色色的斗
没有稀奇古怪的狼
夜的黑色之光
在这里普照
夜的黑色模样
在这里升华
清风

明月

黑的芬芳

夜的浓香

在这里都成了伟大的坚强

夜获重生

夜并没有死

只是上了天堂

2018年4月16日

评点

夜之天堂,是诗人的终极理想。

一个人彻悟了生死的道理,也可能会走向消极悲观,不过如果他是一个热爱生命又饱含理想的人,这种情况则可以避免。在诗人的笔下,夜上了天堂,获得重生,得到很多美好。诗人在诗歌中铺设的意境犹如桥梁,把我们的美好心灵指引过去,令人沉醉不归。我们宁可相信,黑夜并没有死亡,只是去了天堂。

今晚

——为真语文 2018 首场活动结束而作

今晚

今晚难忘

今晚

今晚是一个姑娘

那美丽的

又悠长

那春波般荡漾

又乖张

那望不到头的长江

那一波又一波的黑色之浪

虽为以往

仍然难忘

如果今晚是天下所有姑娘

如果今晚是宇宙中最美的香

飘逸

轻柔

撑着油纸伞

荡着一叶舟

悠悠然

向青草更青处漫溯

一副安详

安详

今晚难忘

遇见一个美丽的姑娘

如同想

永远想

却回不去的故乡

2018年4月21日

评点

今晚是一个姑娘,美丽安详,又难忘。

真语文活动举办,诗人在课堂教学上倡导真教真学,亲自上示范课,一路走来风风雨雨,可谓在艰难中继续前行。活动结束,诗人忘记劳累,以这样一种美丽的心境来表达自己,妥帖又令人感动。

迷茫

以为你真的已死
自从葬礼

没了月亮
少了星星
街头的灯全都消失
消失在远方的光亮里
大雨滂沱
大雾弥漫
只有几个身着黑衣
头戴黑帽
还让人想到夜
想到曾经占据一半光阴的夜
黑夜

习惯了阳光
白日

习惯了光天化日下的透明
炫目
习惯了人来人往
多情
习惯了虱子和臭虫的拥挤
习惯了听不断燃烧的钱币
习惯了笑脸背后的阴险
习惯了憨厚旁边虚伪的老实
习惯了
习惯了
于是
忘记了已经死了的夜
尽管她曾经占有一半光阴

夜真的已死
至今未见其尸
我怀疑
不信
不信
夜真的已死

2018年5月31日

评点

以死说生,以习惯说"不习惯"。

这首诗的题目是"迷茫",但诗人在诗歌当中却故意说自己已经习惯,读来,可以看到诗人的心疼、心伤,甚至是心如死灰。迷茫之中有诗人的内心的执着、狂热与焦虑,诗人是一个矛盾体,最后说出自己的"不信"。

回忆

把夜抱住
抱得紧紧的
堵住所有偷夜的路
把夜放飞
飞得高高的
看得太阳们都信服
把夜埋葬
葬得深深的
让所有光明都找不到夜的坟墓
走了很长很长的路
夜如明灯一般高悬
读了很多很多的书
夜似每页书后最准确的批注
都不对
都不对
夜并没有作古

扫码听诗
王宇红

只是变成一个湖
蓝蓝的
澄澄的
黑色如初

世上最大的力量是没有眼泪的哭
世上最深的感情是没有味道的苦

        2018年6月8日

评点

　　对于诗人来说，回忆是充满挑战的，甚至是不知所措的。

　　诗人以夜的意象来暗暗指代回忆，并没有写回忆的具体内容。诗人要"把夜抱住"，又想"把夜放飞"，还要"把夜埋葬"，诗人在一系列看似荒唐的举动中，把自己对"夜"的怜爱、痴情、决绝写得淋漓尽致，而夜可以看作诗人所说的回忆主题的另外一种情感的外化。

　　诗人以这样两句诗结束——"世上最大的力量是没有眼泪的哭／世上最深的感情是没有味道的苦"。诗人把自己的情感体悟，可以说是带着血和泪的情感体悟和盘托出。经历了一番沉淀之后，诗人的夜有种唐代诗人韦应物笔下的"我有一瓢酒，可以慰风尘"的味道。

感恩

一点儿也不喜欢月
没有黑色的夜晚
哪有你的容颜
一点儿也不喜欢星
没有黑色的夜晚
哪有你们的斑斓
还不喜欢路灯
还不喜欢焰火
以及夜幕下所有放光的生命
哪怕语言
没有黑色的夜晚
哪有你们夺目的灿烂

这样的感觉哟
影响到评价李白和苏子的诗篇
什么诗仙

词圣

什么多情

浪漫

没有黑色的夜晚

咏月

唱诗

只会增加一堆反感

还有根本不可能

不可能的

千古流传

月亮是天底下第一的负心汉

星星则让人心寒

2018年6月11日

评点

最浪漫的吐槽。

在《感恩》中,诗人吐槽月亮和星星两种事物,当然,也可以理解为两种人:

月亮是天底下第一的负心汉

星星则让人心寒

因为它们不懂得"感恩",因为,如果没有黑色的夜晚,"哪有你们夺目的灿烂"?诗人态度冷静、思维缜密,态度不容置疑。在《感恩》中,他像智慧的先哲,更像《皇帝的新装》中那个调皮而勇敢的小男孩,一句道破天机。

有人说,诗歌是人情感的外化,有时甚至是情感直接的表达与喷薄。诗人王旭明在诗歌中从来都不简单粗暴、嘹亮高亢,他冷静得让人畏惧,睿智得让人觉得畏惧,他的诗歌似乎有一股子力量,牵动着人的思绪,慢慢地随着他的情感流动起来。

值得注意的是,吐槽的含意是"兜老底",绝对不等于抱怨、发泄或骂人。诗人只是淡淡地说自己的不喜欢,还好像有点自责,还怕"影响到评价李白和苏子的诗篇",诗人的良善之心也可以窥见一斑。

据说,夜在天堂

据说,夜在天堂
在天堂
活得很好

没有月亮的负心
没有星星的奸诈
还有路灯的怪异
以及和月亮星星路灯相关的
骚
不用向爱乞讨
不用说情已老
更不用来回地打闹
无休止地吵
静谧
安详
一片纯美的黑色

笼罩

在天堂

夜

活得很好

像小姑娘一样欢笑

像少妇一样妖娆

像天使

像神仙

总之,从未见过夜如此

逍遥

夜不再衰老

也不再吃药

二十四小时放出黑光

还蹦蹦跳跳

左右摇

实在傲娇

在天堂

夜

活得真好

据说,夜在天堂

在天堂

活得很好

2018 年 6 月 16 日

评点

写出一种心境。

在诗人笔下，诗人的诗歌母题——夜，经历可谓丰富，情感波澜起伏，面对月亮这个最大的负心汉，以及令人心寒的星，还有各种出轨之后，夜该在何处安放？这是读者的疑问，恐怕也是诗人自己的疑问。

很快，诗人就解决了夜的难题，《据说，夜在天堂》，告诉了我们夜的下落。

夜，无疑就是诗人心境的倒影。天堂里，没有月亮的负心、星星的奸、路灯的怪异，那里静谧安宁，夜，活得很好。这样的境地充满诗情，充满理想，也令人向往。我们在诗人勾勒的情境中试着去理解夜，也在诗人的善意中懂得了人情冷暖。诗歌就是人心，有的直接袒露，而有的则如同《据说，夜在天堂》一样，曲径通幽。

值得一说的是，在本诗中，作者不急不躁，娓娓道来，语言轻盈简约，传递出一种浪漫单纯且天真的文字个性，读来似夏日清风，让人心头一凉，舒服。

热夜

受尽了委屈和磨难的夜
受尽了
受够了
都被焚烧了
化浆了
腐烂了
都被深埋了
再也没了黑色的天
没了钱
没了双眼

但
还是表达了
表达了不满
和愤怒
用热浪

用看不见的燃烧

用夜活着的时候从未有过的

黑色的灿烂

蒸腾

滚翻

摧残

毁灭

当黑色的灿烂

降临人间

夜归来的灿烂

不会遥远

2018年8月3日

评点

写出一种相信。

《热夜》在读者眼中,就是替夜表达自己的不满,是"黑色的灿烂"。热浪翻滚的夜本来令人反感、不甘,但诗人因为对黑夜的格外袒护、喜欢、偏好,在诗歌中就格外偏执起来,诗人相信"夜归来的灿烂",夜因为诗人而存在,而美好。

恋爱

再次恋爱
与夜的子孙

自从葬了夜
也葬了爱情
将所有与爱相关的
入坟
将一切与情有染的
离分
开始衰老
开始对世界不闻不问
开始混
终于有一天
在皮包里的最后一层
在一本翻烂了的书中
在被窝

在枕上
看见夜的子孙
看到了两眼放光灼热的
迷心
烫人
夜的子孙
太阳依然升起
月亮还是滥情
星星泛着全天下的狡诈
路灯装天真
是谁
是谁
拉开了一扇门
关了灯
轻轻地问
轻轻地问

再次恋爱
与夜的子孙

2018年7月31日

评点

写出一种羞涩。

《恋爱》一诗写出诗人感情失去后的意外获得和发现,"在被窝/在枕上/看见夜的子孙/看到了两眼放光灼热的/迷心/烫人",诗人一如情窦初开的少年,又回到那种"见人羞,惊人问,怕人知"的状态,诗人始终带着一种羞涩在诉说自己的恋爱。

小诗人铁头调侃,原来诗人爱夜,现在是夜的子孙,难道不是"乱伦"?其实诗人的恋爱对象始终是黑夜,黑夜的子孙就是黑夜,尽管诗人《葬夜》,夜始终没有死。因此,《恋爱》,就是诗人对黑夜的爱恋,这种爱,始终存在,一成不变,包括诗人憎恨嫌恶的月亮、星星依然滥情、狡诈。诗人从心死开始,到找寻,到发现,到羞羞答答说出"是谁/是谁/拉开了一扇门/关了灯",诗人始终单纯爱夜。

我们也许可以这样理解,恋爱的能量是机遇和性情的一次释放,或分批支出。恋爱是青春的确证。能恋爱,懂得羞怯,说明他不老。祝福诗人的诗心,不妨跟着他一起去《恋爱》。

寡妇与鳏夫

自从葬了夜
一直想再嫁还是续弦
最终决定
决定做一个
寡妇与鳏夫

清晨一个人挑水
做饭
一个人理床
打扫
望着窗外孤灯野鬼
屋内一个人
进进出出
当一个没了夜陪伴的
伟大寡妇

傍晚一个人吃饭

刷碗

一个人出力

装修

擦着滴滴答答的汗水

一个人望天

品尝孤独

当一个没了夜陪伴的

伟大鳏夫

从今天开始

每天烧香

祈祷

为夜招魂

过一个平凡日子

当一个寡妇与鳏夫

只待上天途

2018年7月31日

评点

这是对夜许下的诺言。

《寡妇与鳏夫》中，诗人不惜通过腹黑的方式，让自己的形象变得可怜起来，那寡妇"清晨一个人挑水／做饭／一个人理床"；那鳏夫"傍晚一个人吃饭／刷碗／一个人出力／装修"。诗人所说的"伟大"，我理解为一种苦中作乐，苦中坚守，苦中不变，并幸福地等死。

诗人真敢想，也真敢写，可谓语不惊人死不休，多么偏执的诺言。

应该说，这世界是没有也不该有命定的姻缘，新的爱情发生的可能性始终向你敞开着，尤其是已经葬了夜，诗人的天空中完全可能有新的云朵飘过并吸引视线。诗人主动拒绝了，并宣布要做"寡妇与鳏夫"，诗人封闭自己的情感，保留自己的情感，独自回味自己的情感。又有一说，无论是在生活中，还是在文学的世界里，最动人心魄的爱情似乎都没有圆满的结局，也许诗人的恋夜也只能以《寡妇与鳏夫》结束。

我宁愿诗人说了一句气话，我宁愿夜没有死，从来就没有被埋葬。

搭积木

想夜

想得慌

今晚

搭积木

搭起了一个夜

搭一座圆形有塔尖的房

把夜安放

搭一张宽大有枕头的床

让夜平躺

呼吸

喘气

还有一分不是人的思想

作诗

绘画

在没有人的世界里徜徉

再搭一个游乐场

让夜像孩子一样游玩

让夜像"00后"坐过山车求个刺激

还有

让夜浪

搭一个花前月下的爱情角

捧一束五颜六色的纸玫瑰

天微凉

人已去

搭积木

搭起一个夜

夜已埋葬

唯有收藏

2018年7月27日

评点

写出一种懂得。

谁都知道,搭积木是一种游戏,通过《搭积木》来写来呲摸自己热爱的黑夜,诗人有一种玩儿的心态,但通过玩儿更显示出一份对黑夜的懂。

诗人从"想夜/想得慌"开始写起,奠定了诗歌的情感基调是由于想,才搭积木,要"搭起一个夜"。诗人为解自己的想,而制造了搭积木的意象。接下来,不管是诗人搭房,还是搭床,都是为把夜安放、平躺,让夜有一个更自我的姿态,关键是"还有一分不是人的思想",黑夜正因为不是人才自我,才自由,才随心所欲,因此,诗人尽管沉迷于建构想象中的世界,但他却善意地希望黑夜能放肆地"游玩""浪"。

诗人搭积木的游戏,没有兴高采烈地收场,而是留下一个"天微凉/人已去"的意境,诗人通过搭积木给黑夜赋予了生命的内涵,并且将它们恣意地演绎。

短章

一

如果能看穿夜
眼睛就成为多余
没了眼睛
脸成了黑色的影

二

如果能说透夜
嘴还有什么用
没了嘴
牙变为冰冷的硬

三

跟尸体说黑

说美得如夏花之绚烂
没了感情
黑就是口井

四

放手夜吧
既然已经被埋葬
画一张饼
面对全世界的高兴

       2018年8月1日

评点

短章之美在于短。

亦有人命名为截句。这四个关于夜的短章很跳跃,很新奇、诡异,讲出了黑不可言说的部分。读来如同吃大餐之后的精美点心,让人品味之后,回味无穷。

附录

王旭明推出诗集《人与土》：
微信时代下诗歌写作的新探索

新华网 2017-09-20

"我写诗是为了让生活更加轻松与快乐，我通过写诗获得了快乐。"王旭明说。2017年9月17日，中国新诗百年抒情诗论坛暨王旭明诗集《人与土》研讨会在北京商务印书馆涵芬楼书店召开。活动由百花洲文艺出版社主办。百花洲文艺出版社社长、总编辑姚雪雪表示，中国新诗百年涌现出了许多优秀的抒情诗人，其中抒情诗构成了整个百年新诗的核心。王旭明的抒情诗集《人与土》是今年的出版精品。

百花洲文艺出版社北京诗歌出版中心总监、诗人周瑟瑟说，今年是中国新诗一百年，前三十年主要是抒情诗，中间转向个体的抒情，集体的腔调被个体的生命体验取代，后三四十年抒情被叙事或修辞写作覆盖，抒情的声调降低的原因是原有过多假的成分，让真正的现代诗人反感。后三四十年以口语与叙事为主要手段，把假的抒情赶出了现代诗歌，这是中国新诗百年最大的成就。"什么是好的抒情诗？我认为个体的真实的感受无疑是最好的抒情，客观、直接、朴素与准确的语言是最好的路径。"周瑟瑟认为，"王旭明的诗首先面对人，其次才是土。人在诗里是人性，是真实的情感，诗要写透人性与情感，并不容易，王旭明选择生活中细微的切入口，他抓住激起他想像的生活细节，切入到诗的本真，抵达澄明。而土对于诗来说，是生命之根，是诗的出发与归宿。"

北京外国语大学博导、诗歌翻译家汪剑钊说，诗主情，这是中国文学的一个传统，所谓的"言志""咏怀"实际也与情感的抒发有关。当代诗坛曾出现的"反抒情"和"冷抒情"实际还是抒情的变体，骨子里仍然有强大的情感在推动。王旭明的诗无疑是在抒情诗的传统下展开的，他抒情的有效性还得益于作者对社会的细致观察和深入的思考。

北京师范大学中国当代新诗研究中心主任、诗歌评论家谭五昌说，从百年新诗的发展脉胳来看，抒情诗的传统是强大与根深蒂固的，从徐志摩、戴望舒、艾青，到郭小川、食指、舒婷、海子等，这些杰出的与优秀的现当代诗人，恰恰是因为出色的抒情诗篇而在新诗史上留下他们闪光的名字。二十世纪九十年代以来，为什么很多诗人很反感抒情，因为抒情方式单一，且过度抒情，导致滥情，导致人们审美疲劳。王旭明的诗歌文本充溢着强烈自觉的生命意识与时间意识，其最为出彩的精神亮点，便是黑夜意识的自觉呈现，他笔下的黑夜意识则展现了作者极为敏感、细腻、焦虑、神秘的人类共通性的黑夜体验与死亡体验，以及与之相对应的光明追求与生命情感的正向诉求。

诗人安琪则认为，王旭明诗作有一股浩然正气，这使他的诗歌语言刚硬、直接，像一把利斧，直接劈向所遇到的事、物，甚至情。王旭明喜用短句，他的诗因而有一种"脱口而出"的特色，他随时随地的感想借助诗歌这种形式得到酣畅地倾吐，不用"婉言"、不隔靴搔痒、不打诳语、不虚张声势、不躲闪不逃避，他仿佛在用诗歌这种形式对抗他的教育部前新闻发言人身份，那个身份需要的，恰好是他目前诗歌写作的另一面。

诗人洪烛称王旭明的作品为"新抒情诗"，既继承了传统，但并不保守，兼容并蓄，还汲取了现代派诗歌诸多有益的技法，譬如用叙述来抒情，用叙事来抒情，甚至用议论来抒情，抑或夹叙夹议来抒情……而不再只是用抒情来抒情。它的面孔不再只是单一的哭或笑，还有着更为丰富、五味俱全的表情。心情丰富了，表现心情的手法丰富了，抒情诗的表情也显得丰富了。

诗人邰筐认为新诗通过一百年的发展实践，其抒情方式也在悄然发生变化，尤其是二十世纪八十年代海子把泛抒情推向极致以后，抒情诗经过了一个矫枉过正的过程，变得越来越及物，越来越理性，越来越内敛。"好的诗歌一定是藏在泪水的后头，在生活的背面，在心灵的褶皱里，好诗是厚厚的冰层底下仍然向前涌动的那股暖流。在这种背景下读王旭明先生的诗作，我发现一个很有意思的现象，他的新诗集一百六十首中有六十七首都是写黑夜的，比如《沉没》《真诚》《独白》《2017端午之夜》《台湾夜》《阿布扎比之夜》《夜之歌》等，揭示的全是被生活遮蔽的那一部分，这就给自己找到一个恰当的视角和切口。因为黑夜会让人褪去一切伪装，变得真诚起来。"

诗人桂杰为《人与土》中的一百五十多首诗歌配写了赏析，她表示，一首诗在报刊上发表了，是否就意味着完成或者终结了它的使命？但从王旭明的诗歌写作中可以看到，创作已然成为他生活的一部分，他诗歌抒情的完成是通过与读者的交互、共情、碰撞来完成的，他的优秀作品也是读者在朋友圈中流传最广的，他的诗歌写作把朋友圈当成主阵地，并通过诵读来完成传播，是属于微信时代下诗歌写作新的生态。

朗诵艺术家詹泽朗诵了《人与土》中的作品，他回忆读王旭明的第一首诗是《苍凉》，其中的高旷辽远，洞穿历史，慨叹人生，冷峻的笔触中，并没有坚硬的镂刻，而是温暖的鼓舞和智慧的点燃。"《人与土》，把辛辣的讽刺、幽默的嘲弄、厚重的思想，信手铺展，通心达肺，酣畅淋漓。他的每首诗，入口华润，回味无穷，愉悦中获取思考，思考中展开想象，想象中感喟未来。"

图书在版编目（CIP）数据

葬夜：王旭明抒情诗选（2017-2018）/ 王旭明著
-- 北京：人民日报出版社, 2019.2
ISBN 978-7-5115-5847-3

Ⅰ. ①葬… Ⅱ. ①王… Ⅲ. ①诗集－中国－当代
Ⅳ. ① I227

中国版本图书馆 CIP 数据核字（2019）第 022820 号

书　　名：	葬夜——王旭明抒情诗选（2017-2018）
作　　者：	王旭明
出 版 人：	董　伟
责任编辑：	陈　红
责任校对：	王心予
特约编辑：	李桂杰
装帧设计：	左左工作室
出版发行：	人民日报出版社
社　　址：	北京金台西路 2 号
邮政编码：	100733
发行热线：	（010）65369509　65369527　65369846　65363528
邮购热线：	（010）65369530　65363527
编辑热线：	（010）65369844
网　　址：	www.peopledailypress.com
经　　销：	新华书店
印　　刷：	北京鑫瑞兴印刷有限公司
开　　本：	880 mm×1230 mm　1/32
字　　数：	115 千
印　　张：	9.5
印　　次：	2019 年 4 月第 1 版　2019 年 4 月第 1 次印刷
书　　号：	ISBN 978-7-5115-5847-3
定　　价：	45.00 元